Segredos da Floresta

Editora Appris Ltda.
1.ª Edição - Copyright© 2024 do autor
Direitos de Edição Reservados à Editora Appris Ltda.

Nenhuma parte desta obra poderá ser utilizada indevidamente, sem estar de acordo com a Lei n°
9.610/98. Se incorreções forem encontradas, serão de exclusiva responsabilidade de seus organi-
zadores. Foi realizado o Depósito Legal na Fundação Biblioteca Nacional, de acordo com as Leis n°s
10.994, de 14/12/2004, e 12.192, de 14/01/2010.

Catalogação na Fonte
Elaborado por: Dayanne Leal Souza
Bibliotecária CRB 9/2162

C331s
2024
	Carvalho, Blair F.
	    Segredos da floresta / Blair F. Carvalho. – 1. ed. – Curitiba: Appris, 2024.
	    155 p. : il. ; 21 cm.
	
	    ISBN 978-65-250-6775-9
	
	    1. Manaus (AM). 2. Selva amazônica. 3. Realidades alternativas.
	    I. Carvalho, Blair F. II. Título.
	
	                                                                    CDD – B869.91

Appris
editora

Editora e Livraria Appris Ltda.
Av. Manoel Ribas, 2265 – Mercês
Curitiba/PR – CEP: 80810-002
Tel. (41) 3156 - 4731
www.editoraappris.com.br

Printed in Brazil
Impresso no Brasil

BLAIR F. CARVALHO

SEGREDOS DA FLORESTA

artêra
editorial

CURITIBA, PR
2024

FICHA TÉCNICA

EDITORIAL	Augusto V. de A. Coelho
	Sara C. de Andrade Coelho
COMITÊ EDITORIAL	Marli Caetano
	Andréa Barbosa Gouveia (UFPR)
	Edmeire C. Pereira (UFPR)
	Iraneide da Silva (UFC)
	Jacques de Lima Ferreira (UP)
SUPERVISORA EDITORIAL	Renata C. Lopes
PRODUÇÃO EDITORIAL	Sabrina Costa
REVISÃO	Andrea Bassoto Gatto
DIAGRAMAÇÃO	Amélia Lopes
CAPA	Lívia Costa
REVISÃO DE PROVA	Bruna Santos

Ao Dilermando, minha gratidão e apreço.

Ao José Hernando (em memória), pelo incentivo.

Algumas pessoas veem as coisas como são e dizem:

— Por quê?

Eu sonho com as coisas que nunca foram e digo:

— Por que não?

(George Bernard Shaw)

NOTAS DO AUTOR

Vivemos momentos turbulentos nas últimas décadas. A política, na sua melhor forma democrática, que deveria ser utilizada em prol do bem-estar de um povo, de forma desenfreada vem aumentando a adversidade entre as classes sociais, causando o declínio do escrúpulo entre seus iguais.

O resultado é a formação de uma civilização totalmente dependente, em que poucos decidem e muitos acatam, o que deturpa o bom senso e a criatividade da parte submissa da civilização. Queira Deus que isso, num futuro próximo, tenha uma formatação mais humanizada.

Em contrapartida, moramos em um país folclórico, recheado de lendas, fantasias e entidades místicas protetoras das florestas — ambiente utópico aos diletantes —, o que, em detrimento à vontade dos mais privilegiados, ameniza um pouco a falta de pudor que se instala no cerne da humanidade.

Mas se enganam aqueles que pensam que somente os pobres carecem de pão e circo. A diversão e o alento são benefícios incontestáveis para toda a humanidade.

Pensando nesse lado fecundo, resolvi escrever um pouco sobre as fantasias que habitam a mente humana, usando da licença poética sem limitações, na tentativa de mostrar o lado místico dos sonhos, do amor e da esperança, heranças que certamente recebemos do Criador.

Que a proteção Divina seja a nossa égide!

SUMÁRIO

CAPÍTULO I
INTRODUÇÃO...13

CAPÍTULO II
A VIAGEM..31

CAPÍTULO III
ENCONTRO INESPERADO...50

CAPÍTULO IV
UMA COMUNIDADE MISTERIOSA.....................................61

CAPÍTULO V
A ORGANIZAÇÃO SOCIAL...79

CAPÍTULO VI
RETORNO À REALIDADE..93

CAPÍTULO VII
PASSEIO PELO RIO NEGRO...108

CAPÍTULO VIII
VISITA AO MUSEU..128

CAPÍTULO IX
EPÍLOGO...143

Capítulo I

INTRODUÇÃO

— A revisão já está completa. *"Alea jacta est"*.

Um aluno, que estava organizando as anotações das últimas explanações, levantou seus olhos em direção ao professor e perguntou:

O que o senhor disse, professor?

— Eu disse *"Alea jacta est"*, uma locução latina que significa: a sorte está lançada!

— Ah, sim... Entendi, professor. Obrigado!

Brand passou a manhã toda preparando as provas para o fechamento do ano letivo.

Ao entardecer, pegou seu veículo, passou em sua residência para pegar Cecília e foram para a faculdade. O casal pretendia chegar antes do horário habitual; ainda precisavam fazer cópias das provas que seriam aplicadas naquele dia.

O trânsito estava relativamente livre e não demorou muito para chegarem. Ele passou seu cartão na cancela do estacionamento e colocou seu veículo na vaga reservada.

Entraram de forma apressada, indo direto para a secretaria. O expediente daquele setor estava tranquilo e as cópias foram feitas com a agilidade necessária e em tempo hábil.

Um pouco antes do horário de início das aulas, Brand adentrou à sala com o pacote de provas nas mãos:

— Boa noite, meus queridos alunos!

— Boa noite! — responderam em coro.

Com seu costumeiro modo cativante, sempre pronto a ajudar seus discípulos, independentemente de quem fosse, perguntou:

— Pessoal, aqui estão as provas do final do semestre, mas...

Antes de completar, foi indagado por um aluno:

— Chegou mais cedo hoje, professor. Por acaso está com sangue nos olhos?

— Não, meu caro, nada disso. Muito pelo contrário. Antes de distribuir as provas reservei alguns minutos para dirimir dúvidas caso as tenham. Se julgarem necessário, esta é a hora.

— Puxa, que alívio! — retrucou o aluno com um sorriso sarcástico.

Alguns colegas riram da situação, mas deram por satisfeito aquele diálogo rápido. Já que tinham que fazer as provas, que fosse de imediato, então quanto antes começassem, melhor para todos.

A representante da turma, depois de consultar os alunos, respondeu:

— Professor, concordamos que seria melhor fazermos as provas. O seu ensinamento foi muito proveitoso e estudamos muito, portanto acreditamos que foi o suficiente. Com as devidas *vênias*, estamos afiados. — Deu um sorriso e continuou:

— Agradecemos as suas boas intenções, mas realmente entendemos não haver necessidade.

— Isso me deixa muito orgulhoso. Obrigado!

Então a prova foi distribuída e não estavam tão fácil como pensaram. Alguns alunos tiveram que contar com a paciência do professor por extrapolarem o tempo determinado, o que foi feito sem maiores problemas.

O último a terminar entregou sua prova com vinte minutos de atraso e ao entregar disse:

— Professor, perdoe-me pelo tempo, mas é que quero aproveitar o máximo do meu aprendizado, razão pela qual quis fazer a prova com bastante esmero. Acredito que resolver as questões das provas é uma forma de fixar o que aprendemos. Assim, procurei resolver todas as questões e acredito que estão todas corretas.

— Está certíssimo seu raciocínio. Responder as questões é uma forma de colocar em prática as teorias que aprendemos. Se você entende assim já é um bom caminho. Sei de sua capacidade e não duvido que você consiga uma boa nota.

— Obrigado, professor! A propósito, quando saberemos a nota?

— Amanhã é a última aula. Vou trazer as notas e conversaremos melhor.

— Obrigado, professor. Até amanhã!

Já com as provas em sua pasta, o seu trabalho final seria corrigir todas e fazer a entrega na próxima aula, com os comentários que se fizessem necessários. Deu boa noite ao aluno remanescente e foi até a sala dos professores. Cecília já o esperava, um pouco preocupada pelo atraso. Também estava cansada e faminta. Então o casal foi até o pátio onde estava o veículo e foi para casa com o sentimento de dever cumprido.

Ao chegarem, deixaram seus objetos sobre a mesa e foram para a cozinha para fazerem um lanche rápido. Já passava das 23h e estavam muito cansados. Muitos afazeres os esperavam no dia seguinte.

Depois de um rápido banho, foram direto em busca de um sono reparador. A noite estava nublada e uma chuva fina molhava a janela, embaçando o vidro. Sentiram um leve resfriamento no ambiente. Cobriram-se com um lençol bem leve e dormiram como há muito tempo não faziam.

O dia estava clareando quando Brand abriu os olhos. Espreguiçou-se sobre o leito e ao rolar para o lado viu que Cecília já havia se levantado. Sentiu o aroma do café que vinha da cozinha. O relógio da parede marcava 6h30 e ele já estava um pouco atrasado.

Num repente, jogou os lençóis para o lado e foi até a janela conferir o amanhecer. Vislumbrou um lindo dia e o sol. Não havia nenhuma nuvem, possibilitando o majestoso brilho de seus raios sobre as montanhas; era solstício de verão.

Brand deu um sorriso de satisfação e pensou: "O dia está lindo!". Cerrou a janela e começou cantarolar: "Luz do sol/que a folha traga e traduz/em verde novo/em folha, em graça, em vida, em força, em luz. Céu azul que vem/ até onde os pés tocam a terra/ e a terra inspira e exala seus azuis...".[1] Então foi ao banheiro com a intenção de tomar uma chuveirada refrescante. O dia amanheceu muito quente e a temperatura naquela hora já se aproximava dos 30 graus. Queria estar vigoroso e animado para fechar o semestre letivo com chave de ouro e estava bastante ansioso para finalizar seus trabalhos naquele dia.

Com várias questões a resolver e reuniões agendadas em seu escritório, vestiu seu terno azul-marinho e caprichou no nó da gravata. Passou seu perfume favorito e foi à copa para fazer a sua primeira refeição do dia.

Cecília já o esperava sentada à mesa, com os quitutes preparados: sucos, leite, torradas, frutas e outras iguarias. Cecília levantou e o recebeu com um beijo apaixonado, conduzindo-o até a mesa e perguntando:

---

[1] Trecho da letra de "Luz do Sol", de Caetano Veloso.

— Dormiu bem, querido?

— Maravilhosamente bem, minha querida!

Ao terminar o desjejum, Brand pegou sua pasta e despediu-se de Cecília, beijando-a novamente. Eles formavam um casal exemplar, sempre juntos e felizes, visível a todos que os cercavam. Eram profissionais de primeira linha e atualizados quanto às teorias que lhes era possível explicar, porém céticos quanto a tudo que não tinha comprovação científica.

Brand estava ansioso por terminar todos os seus compromissos o mais cedo possível e organizar-se para as férias que planejara com a sua consorte.

Na parte da manhã concentrou-se em atualizar a sua agenda, deixando livre a parte da tarde para corrigir as provas que aplicara na aula anterior, atualizar o diário de classe e ponderar sobre algumas notas de seus alunos.

Era comum os alunos mais dedicados deixarem bilhetes para o professor no rodapé das provas como demonstração de carinho e agradecimento. Mas dentro de uma das provas estava um bilhete intercalado às folhas, que chamou a atenção de Brand: uma folha de papel ofício, em forma de carta, assinado por uma aluna de nome Rita de Cássia, que dizia: "Caro professor... Ser mestre não é ser somente professor. Ensinar não é somente transmitir conhecimentos técnicos e científicos. Ser mestre é ser instrutor e amigo, guia e companheiro. É caminhar lado a lado com o aluno em todos os momentos. É transmitir a ele todos os segredos da caminhada. Ser mestre é ser exemplo de dedicação, de doação, de dignidade pessoal, sobretudo de amor. Meu eterno carinho e agradecimentos sinceros a você que soube, além de transmitir conhecimentos, passar-nos suas experiências e apoiar-nos em nossas lutas".

Lendo o bilhete, a emoção de Brand aflorou, e ao terminá-lo seus olhos lacrimejavam. Sentindo-se gratificado em seu trabalho, pensou: "Este bilhete ficará guardado para sempre em minha pasta e em meu coração".

Ao final do dia, fechou suas gavetas e saiu para uma reunião com seus pares. O objetivo era acertar todos os pontos e atualizar as informações para o bom andamento dos trabalhos em seu escritório, uma vez que estaria fora por alguns dias.

Brand reuniu seus colaboradores e fez várias recomendações, aproveitando para agradecer a todos pelos serviços prestados. Teceu vários elogios a toda a equipe pelo desempenho naquele ano. Em seguida, mandou vir algumas garrafas de espumante Chardonnay[2] e algumas taças para o brinde de final de ano, momento que aproveitou para entregar algumas lembranças.

Já passava das 18h e o sol ainda brilhava no horizonte, dando seu último espetáculo do dia, prestes a acomodar-se em seu poente.

Brand desceu apressadamente as escadarias, entrou em seu veículo e foi até sua casa. Precisava fazer uma breve refeição e preparar-se para o seu último dia letivo. Sua companheira trabalhava em uma faculdade particular no período da manhã e à noite na mesma faculdade em que ele lecionava.

Cecília havia se antecipado, colocando os petiscos à mesa e preparando uma muda de roupa para Brand. Assim que ele chegou, foi direto ao banheiro e com certa rapidez já estava pronto para fazer um lanche.

O casal estava devidamente preparado para finalizar o dia, com sentimento de dever cumprido. Eles pegaram suas pastas e foram para a faculdade.

---

[2] Uva de pele verde, origem francesa, utilizada para produzir vinhos brancos e espumantes.

Os alunos estavam ansiosos para saberem seu desempenho na matéria, uma das mais importantes para o curso que pretendiam fazer, segundo o entendimento de toda a classe. Depois de entregar as provas aos alunos, Brand pegou o diário de classe e fez a última chamada do semestre.

Verificando que todos estavam presentes, levantou-se, olhou para os alunos e agradeceu o respeito e a forma com que eles tinham se portado em sala de aula, bem como na compreensão de sua matéria. Disse que estava muito feliz com as mensagens recebidas dos alunos e que, para ele, assim como para qualquer professor, isso significava a realização de metas almejadas, dos desejos realizados.

Depois da fala do professor, um dos alunos levantou-se e disse:

— Professor, queremos agradecer por sua atuação junto a toda a classe. Suas aulas foram bem elucidativas e aprendemos muito sobre o curso. Esperamos que possamos tê-lo como professor em outros semestres e posso garantir em nome de todos que isso é o desejo de todos.

— Que belas palavras, Fernando. É claro que nos encontraremos outras vezes. Que bom que vocês gostaram de minhas aulas. Realmente, estou muito agradecido.

— Vai viajar nessas férias, professor? — perguntou Fernando.

— Sim. Estamos pensando em ir até Manaus.

— Cuidado para não se assustarem com o Curupira e com o Caipora — disse uma aluna no fundo da sala.

O professor riu e respondeu:

— São lendas folclóricas. Nada há de verdade nisso!

— Dizem que o Caipora é um menino indígena que monta em porcos para atrapalhar os caçadores — falou outro aluno.

— Então está combinado. Se eu encontrar algum, tiro uma foto e trago para vocês — respondeu o professor com um sorriso malicioso e despediu-se da classe.

Ele foi até a sala dos professores com o objetivo de guardar o material utilizado no semestre e esperar por Cecília.

Assim que chegou, notou um clima leve e festivo no ambiente; estavam todos felizes.

Após longas conversas e algumas anedotas, sentindo-se com o dever cumprido, decidiram terminar a noite em um restaurante nas proximidades da faculdade, afinal, a partir do dia seguinte todos estariam em férias.

Sem nenhum aluno em recuperação, Brand e Cecília, ele titular da cadeira de Direito Civil e ela da cadeira de Sociologia — casal aventureiro, ainda jovens, acostumados a passeios radicais, já com bastante experiência em aventuras radicais — planejavam uma longa viagem pelo norte do país, mais precisamente no estado do Amazonas.

Sem compromissos na manhã seguinte, o casal acompanhou seus colegas até o local escolhido para o *happy hour*.

O restaurante estava catalogado como um dos participantes do evento de tradição anual denominado "Comida di buteco", com um dos pratos com tendência de ser um dos vitoriosos, entre tantos outros também deliciosos.

A cerveja estava bem gelada, mas Brand solicitou que lhe fosse servido uma boa cachaça para iniciar a degustação, o que foi acompanhado por alguns.

Outros, julgando-se mais estilosos e desejosos de se apresentarem como bons apreciadores etílicos, preferiram uma boa dose de uísque; mas, ao final, verificaram que a cachaça servida era mais cara que o uísque e um deles perguntou ao garçom:

— Por favor, me diga que cachaça foi servida.

— Bom, como vocês pediram uma cachaça especial, servi uma conceituada bebida mineira, conhecida no mundo inteiro — E virou-se e pegou a garrafa que estava próxima, mostrando o rótulo.

— Ah, bom... Essa eu conheço. Realmente, ela é muito famosa!

— Você gostou? — perguntou o garçom.

— Gostei muito. Desce bem pela garganta sem queimar e tem um sabor amadeirado e frutado. Realmente, trata-se de uma bebida especial! — respondeu Brand, com o acordo de Cecília, que balançou a cabeça com um leve sorriso.

Enquanto esperavam os outros pedidos, os amigos começaram a traçar seus ideais durante as férias. Os comentários eram variáveis, mas Brand e Cecília sempre insistiam em falar da viagem que planejavam fazer para o norte do país. O assunto não cativava os amigos, que preferiam falar sobre viagens para outros continentes.

Alguns acreditavam que a viagem pelo norte do país em nada acrescentaria de novo em seus conhecimentos. Também falavam em mosquitos, calor, febre amarela e outros perrengues que eles poderiam encontrar nessa empreitada.

— Por que vocês não viajam conosco? Eu e Joaquim estamos indo para o Canadá. — comentou Mariana.

— Melhor não. Nesta época o frio é insuportável por lá! — disse Brand.

— Para passar frio, melhor que seja na França. Em Paris há lugares aconchegantes e deleitosos, principalmente quando em casal — falou Renan.

— Realmente, Paris é tudo de bom! — Disse Cecília.

— Minha vontade é fazer o Caminho de Santiago — comentou Aurora.

— Todos vocês têm bom gosto, são belas escolhas, mas já decidimos e planejamos a nossa viagem. Pode até ser uma decisão um tanto ousada, mas optamos por um passeio mais radical e vamos pagar para ver! — exclamou Brand.

— Então, copos abastecidos, proponho um brinde de boa viagem para todos nós! — sugeriu Renan.

Levantaram os copos e brindaram alegres e agradecidos pela amizade de todos.

Aproveitando o momento, Renato disse:

— Falando em férias prolongadas, ainda vou, se Deus quiser, conhecer o Tibete, entrar em comunhão com o desconhecido. A sabedoria milenar me fascina.

— Deve ser um lindo passeio — disse Cecília.

— Mas essas culturas já estão ao nosso alcance. Basta ir em alguma livraria ou biblioteca — falou Brand.

— Mas in loco a coisa é diferente. Fazer contato com as pessoas que detêm a cultura é viver o enlevo espiritual — respondeu Renato.

— Concordo! — disse Mariana e emendou: — Quem sabe você encontra algum ser estranho ao nosso meio. Tudo é possível nesta vida!

Brand e Cecília olharam-se e começaram a sorrir, e ele disse:

— Agora você foi longe, hein, Mariana! Um ET, por exemplo?

— Longe por quê? Vocês não acreditam em outras vidas?

— Enquanto não me provarem o contrário, não! — respondeu Brand, o que foi endossado por Cecília.

— Bom, eu penso que esse universo é muito grande e nosso planeta, em relação a ele, é minúsculo, o que me faz pensar que não somos tão importantes assim para sermos os únicos a viver nesse universo. Portanto penso que enquanto não me provarem o contrário, continuarei acreditando que existem.

— Está aí, Mariana... Gostei de sua resposta. Seu raciocínio é bem lógico. Como disse Voltaire: "Posso não concordar com o que você diz, mas defenderei até a morte o seu direito de dizê-lo".

— Obrigado, meu advogado preferido. Um dia a vida lhe dará a resposta que mudará seu entendimento — concluiu Mariana.

— Será que isso vai mesmo acontecer?

— Claro! Eu já mudei meu ponto de vista várias vezes. Coisas em que eu não acreditava fui percebendo haver grandes possibilidades do contrário. Você, embora muito culto, ainda é muito jovem e vai perceber várias surpresas na vida. Você ainda tem muito a aprender.

Para Brand isso soou como um aviso, mas por não navegar por esses mares procurou silenciar e disse, quase demonstrando desconforto:

— Pode ser, afinal, não sou tão radical assim. Respeito suas palavras. — Então pegou seu copo, que estava cheio, deu um bom gole e continuou: — Se isso acontecer, é claro que vou me atualizar.

— Mas me diga, Brand. Vocês estão mesmo decididos a ir para o norte do Brasil? — perguntou Renan.

— Sim, Renan. Já fizemos nossos planos de viagem e já temos uma rota estudada. Acreditamos que vamos gostar do passeio — respondeu Brand.

Realmente, nada conseguia fazer o casal desistir do que eles haviam planejado e eles não chegaram a comentar naquela roda como iriam viajar. Mas não por ser um segredo. Eles apenas omitiram o que eles haviam planejado por acharem que poderiam pensar que eles estavam querendo aparecer ou coisa parecida. Fato é que não deixaram sequer algum rasto do que queriam fazer.

Brand era um cidadão bem-conceituado entre seus pares e lecionava não por necessidade, mas pelo gosto de ensinar. Estava bem-estabelecido em seu escritório de advocacia, com uma vasta carteira de clientes, o que já lhe bastava para seus imperativos. Mas em caso de necessidade, outros recursos poderiam estar à sua disposição, pois se ancorava em raízes familiares de sólidos recursos financeiros.

Seu hobby era a aviação. Ele tinha brevê e bastante horas de voo. Para essa viagem, Brand havia assinado um contrato de locação de uma aeronave para um passeio de cerca de 20 dias, mediante caução de bens em garantia e pagamento de seguros por acidentes. A intenção era aproveitar suas férias com Cecília e colocar em prática o que havia aprendido na escola de pilotos e em diversos voos solos. Sua documentação estava regular e seu brevê havia sido renovado havia poucos dias.

O currículo de Brand registrava bastante horas de voos, considerando o tempo de aprendizagem em companhia de seus instrutores e outras tantas horas de voo solo, tendo adquirido, portanto, as habilidades necessárias. Pelo contrato, o avião deveria ser entregue ao final da locação no hangar do aeroporto de Manaus.

Depois de várias reuniões, o casal decidiu fazer um plano de viagem até o extremo norte do país, em quatro escalas: Brasília, Palmas, Pará e Manaus.

Na véspera da viagem a noite foi longa e a expectativa era ainda maior. O casal experimentou algumas horas de insônia, só conseguindo relaxar após rolarem na cama por um longo tempo.

Capítulo II

A VIAGEM

Na manhã seguinte, com tudo organizado, plano de voo montado e conferido, pegaram suas bagagens e foram para a portaria do prédio, onde o motorista já os esperava para conduzi-los até o aeroporto. Depois de encontrar um espaço para estacionar, o motorista retirou a bagagem do porta-malas, entregou-a aos dois e despediu-se em seguida.

Brand e Cecília entraram pelo saguão e foram em direção ao hangar onde o representante da companhia os esperava com toda a documentação da aeronave, já devidamente revisada e com a recomendação da companhia de que deveriam fazer somente voos diurnos.

Brand assinou a papelada exigida pelo locador, recebendo em seguida a documentação do aparelho, os documentos de revisão e uma nota de combustível pago pela empresa. No contrato havia uma cláusula de que ao entregar a aeronave, ela deveria estar totalmente revisada e o tanque de combustível reabastecido na mesma quantidade.

Com as devidas liberações, a aeronave ficou na responsabilidade de Brand. O casal subiu no avião, que foi taxiado pela pista de rolamento até próximo à cabeceira da pista principal, onde Brand esperou o comando da torre de controle autorizando a sua decolagem. Assim que obteve a autorização, Brand acelerou a aeronave e com poucos segundos ganhou altitude e ajustou a rota.

As três primeiras escalas foram programadas somente para abastecerem a aeronave e descansarem, retomando o voo logo pela manhã do dia seguinte. Em cada escala aproveitaram o tempo de espera para conhecerem e desfrutarem de algumas iguarias.

Em Brasília, assim que deixaram o avião no hangar para serviços de rotina e abastecimento, foram para um hotel com algumas roupas, acomodaram-se e minutos depois saíram para conhecerem alguns pontos turísticos. Ao entardecer procuraram um restaurante de serviços à lá carte às margens do lago sul e por lá ficaram aproveitando o dia até que o sol posicionou-se com o brilho de seus raios no seu poente. Depois do espetáculo dos últimos raios solares no espelho daquelas águas, sentiram que estava na hora de voltarem ao hotel para uma bela noite de sono. Estavam cansados como dois navegantes de primeira viagem. Pelo menos para Cecília, isso era visível em seu rosto empalidecido.

Na manhã seguinte, descansados e felizes, fizeram o *check-out* no hotel e solicitaram um veículo de aluguel para levá-los ao aeroporto para cumprirem mais uma etapa do plano de voo.

Com a devida permissão, Brand ligou o motor e pilotou seu avião em direção à *taxiway* — pista lateral que lhe permitiria trafegar até a pista principal do aeroporto. Esse procedimento durou cerca de 15 minutos até chegarem perto da cabeceira da pista principal.

Logo em seguida, a decolagem foi autorizada e o avião com pouco tempo ganhou altitude, encolheu o trem de pouso e seguiu o voo rumo a Palmas, conforme o planejado.

Por terem saído cedo, a chegada em Palmas deu-se por volta das 10h. Assim que pousaram, Brand solicitou que a aeronave fosse abastecida o quanto antes para prosseguirem a viagem ainda naquele dia. Em Palmas não reservaram hotel, apenas foram a um restaurante, onde se deliciaram com algumas comidas típicas da região. Quando voltaram ao aeroporto, a aeronave já estava à espera, devidamente abastecida.

A decolagem foi tranquila e em poucos minutos o avião ganhou altitude e estabeleceu o voo conforme planejado. Quando saíram de Brasília, o tempo estava instável, mas com o decorrer dos minutos, já distante de onde haviam decolado, as nuvens começaram a escurecer, tornando o tempo nublado, porém ainda com possibilidade de voo seguro, exceto algumas turbulências que enfrentaram naquela rota, o que não chegou a prejudicar o voo.

Por volta das 17h, pousaram no aeroporto de Belém, onde alugaram um local no hangar para a pernoite da aeronave. No saguão do aeroporto, eles solicitaram os serviços de um táxi, o que foi atendido de imediato, levando-os até o hotel, onde fizeram reserva para uma noite.

O hotel estava com pouco movimento e o *check-in* foi rápido. Foram até o apartamento, deixaram suas malas e saíram para conhecer a Basílica do Santuário de Nossa Senhora de Nazaré — por solicitação de Cecília dada a sua devoção à Santa.

A missa das 18h estava se iniciando e o casal seguiu todos os rituais da celebração. Ao final, foram a um restaurante com especialidade em frutos do mar. O local estava superlotado, com poucas mesas ainda vagas; naquele dia haveria um jantar dançante e o casal resolveu entrar e participar.

A recepcionista levou-os até uma mesa bem situada para um casal enamorado — não muito perto do palco e não tão longe do bufê, o que ficou de bom tamanho. Ouviam as músicas sem que sua conversa fosse prejudicada pelos decibéis musicais e serviam-se das iguarias à vontade.

Ficaram horas naquele ambiente agradável e aproveitaram as boas canções para unirem seus corpos e saírem rodopiando pelo salão, que fora preparado para os casais mais românticos, o que não faltou naquele dia.

Ao final, fizeram uma boa refeição, servindo-se de um delicioso peixe assado, camarões salteados e arroz paraense — prato temperado com jambu e tucupi.

Felizes, satisfeitos e um pouco inebriados pelo excesso de vinho, decidiram voltar ao hotel. Embora tenham adorado a noite, estavam cansados e sonolentos, e assim que fecharam a porta do quarto jogaram seus corpos no leito do jeito que chegaram, mal tirando os sapatos.

Dormiram por horas a fio, sem culpa e isentos de compromissos. O sol já estava dando seus primeiros clarões no horizonte quando abriram os olhos e espreguiçaram-se com ares de satisfação pela bela noite que tinham tido. Acordaram felizes e sem culpa, tudo estava acontecendo como esperado e planejado.

O relógio marcava 6h e eles apressaram-se em se aprontar para o dia que, segundo os planos, seria um dia bastante exaustivo.

Depois do banho, desceram até o mezanino, onde já estavam servindo o café da manhã. O casal serviu-se com salgados e algumas frutas, café e leite, e dirigiram-se até uma mesa onde degustaram as iguarias. Assim que se sentaram, o garçom chegou e perguntou se queriam algo especial. Brand solicitou que preparassem um ovo cozido a quatro minutos.

— Também quero, mas um pouco mais cozido — disse Cecília.

O Garçom anotou os pedidos e perguntou:

— Algo mais?

— Não, obrigado! — falou Brand.

O garçom deu meia-volta e foi providenciar o solicitado na cozinha do hotel.

Depois de fazer um completo desjejum, subiram ao quarto e pegaram as malas, que já estavam fechadas, e desceram até a recepção para fazer o *check-out*. A seguir, solicitaram à recepcionista que lhes providenciasse um carro de aluguel para levá-los ao aeroporto, o que foi feito de imediato. Em poucos minutos o veículo estava estacionado diante da portaria do hotel, onde eles seguiram para dar continuidade em suas aventuras.

Chegaram ao hangar por volta das 8h e após a espera de 20 minutos a decolagem foi autorizada. O voo partiu em direção a Manaus, onde fizeram reserva de hospedagem para vários dias, com a intenção de conhecer restaurantes, passeios ao luar e terrestres, acompanhados por um guia, para conhecer os pontos turísticos da capital dos manauaras, conhecida no ciclo da borracha como Paris dos Trópicos.

Na primeira manhã encontraram com o guia turístico, que os conduziu até o Teatro Amazonas, onde ficaram encantados com a cúpula composta por mais de 36 mil cerâmicas com as cores da bandeira do Brasil. Visitaram o Museu da Amazonas (Musa) e o

Mercado Municipal, no qual apreciaram o artesanato e as comidas típicas da região.

Voltaram para o hotel, descansaram por um tempo e então, mais animados, decidiram terminar a noite num belo restaurante, onde apreciaram um bom vinho e os deliciosos pratos regionais.

Passados alguns dias naquela cidade, resolveram dar continuidade ao planejado. A intenção era conhecer a vasta floresta amazônica com uma vista panorâmica por sobre a copada da floresta.

Para esse passeio eles fizeram um pequeno suprimento de alimentos e alguns concentrados em invólucros para algum imprevisto, caso fosse necessário, o suficiente para a sobrevivência por cerca de três dias; não era essa a intenção, posto que pretendiam voltar no mesmo dia, antes do poente.

Com o propósito de reunirem forças para o grande passeio programado, recolheram-se mais cedo naquela noite; precisavam estar bem descansados pela manhã. Porém não se refugiaram de seus desejos carnais, a volição convidava-os para uma noite especial. Eles abriram um bom espumante e brindaram ao amor, derretendo-se um nos braços do outro, aos beijos, dominados pelos desejos ardentes do amor, em terna plenitude. Então, cansados e com forças esgotadas, entregaram-se ao sono quase que imediatamente.

Acordaram ainda de madrugada e começaram a se aprontar. O café da manhã era servido a partir das 6h30. Às 6h45 eles já estavam entrando em um carro de aluguel já estacionado na portaria do hotel, à espera do casal. Em poucos minutos estavam se dirigindo para mais uma aventura.

O sol já estava sobre as montanhas quando a decolagem foi autorizada. A intenção era viajar umas oito horas, incluindo o retorno, voltando ainda com o dia claro. Mas a ansiedade diante do desconhecido obrigou-os a prolongarem o passeio para pontos mais distantes do que tinham planejado, levando-os a rumos desconhecidos e desbravando pontos ainda não explorados dentro da mata ombrófila densa da floresta amazônica.

Depois de horas de voo, já bem distante do ponto de retorno, sobrevoando a Serra do Araçá, uma pane no motor fez com que a rotação diminuísse, levando a aeronave a perder altitude, dando início a uma queda livre — se perguntassem a ele de onde tirou tanta astúcia, certamente ele não saberia dizer.

Nesse momento, Brand conseguiu manter-se calmo e tomou para si o controle da nave, fazendo-a planar em um nível ajustado para uma descida mais amena. Sorte que avistou uma pequena clareira, onde conseguiu, depois de bater em alguns troncos e quebrar as asas, colocar a aeronave no chão, o que lhe provocou leves escoriações nas partes do tronco e da cabeça.

Refeitos do susto, verificaram o estado de cada um e julgaram-se em condições de prosseguirem em busca de uma saída daquela mata, mas não sem antes pegarem o que julgaram necessário — uma mochila para cada um, com poucas peças de roupa, alimentos, um cantil com água, uma bússola e duas cordas para eventual necessidade —, dando, assim, início à procura de algum lugar que lhes desse segurança para um descanso.

— Essas cordas vão pesar muito, não, Brand?

— Verdade, mas talvez elas podem nos ajudar. Melhor levar. Do alto observei que essa região é bastante alcantilada — disse Brand.

Caminharam por uma mata densa e umedecida, pisando em um chão coberto por camadas de folhas em decomposição. A cada pisada seus pés afundavam naquele chão fofo, sombreado por árvores gigantescas.

Nos locais mais espaçosos, várias plantas do tipo samambaia, palmeiras e outras. Nas árvores maiores, muitas tinham seu tronco coberto por trepadeiras do tipo bromélias e orquídeas.

Devido ao chão macio e à densa vegetação que entremeava as grandes árvores, a caminhada era cuidadosa e de pouco rendimento. Pelas dificuldades, caminharam por várias horas, em um pequeno trecho, até encontrarem uma colina com terra firme, que dividia a mata densa com um igapó — uma área encharcada, com vegetação baixa e uniforme, coberta por várias bromélias.

Supondo ser o melhor e mais seguro local, decidiram armar a barraca. Com o ocaso em evidência, cansados e apavorados, beijaram-se, mas sem forças para mais nada, desejaram-se uma boa noite e caíram em um sono profundo.

Na manhã seguinte, antes do nascer do sol, conseguiram acender uma pequena fogueira e preparar um pequeno desjejum antes de iniciarem a busca de um ponto que lhes parecesse mais seguro.

Depois de alguns dias embrenhados na floresta densa, margeada pelo igapó, orientando-se por uma pequena bússola, ainda distante do Rio Araçá e muito mais do Amazonas; cansados e desnorteados, enfraquecidos pelas picadas dos mosquitos e com a água e comida já bem escassas, Brand e Cecília começaram a notar que estavam entrando cada vez mais em uma área inóspita.

Ainda que tivessem passados por lugares considerados por eles como rudes, entendiam que agora a situação piorava a cada passo que davam, dando-se conta de que a sobrevivência naquele local era quase impossível para um casal, ainda que tivessem alguma experiência em passeios radicais. Os obstáculos de agora eram bem diferentes do que conheciam ou sequer imaginavam.

O medo era visível nos olhos do casal, mas eles tinham que continuar, desanimar não era o melhor remédio.

— Brand, estou ficando apavorada.

— Calma, querida. Encontraremos uma solução. Vamos confiar em Deus!

— O que está me dando força é a esperança e a fé que tenho em Deus! — disse Cecília.

— Acho bom darmos uma paradinha e conversarmos com o Criador. Somente com a ajuda dEle conseguiremos sair desta situação — falou Brand.

Então, eles pararam, ajoelharam-se e avaliaram os mistérios da devoção religiosa, persignando-se com o sinal da cruz e orando por um longo tempo, pedindo súplica de salvação e recomposição de suas forças para seguirem adiante.

A fé encorajou-os a recomporem suas forças após algumas horas de descanso. Mais aguerridos, deram início à peregrinação pelos caminhos do desconhecido, na esperança de encontrarem uma saída para os obstáculos que os afligiam.

Descendo uma ribanceira de difícil acesso, logo após uma colina, avistaram uma encosta ravinada. Desceram até uma vasta área com arenitos grossos e avermelhados, aparentemente ainda não explorada pelo homem.

Mais adiante, um rio de águas cristalinas, encoberto por uma densidade de árvores frondosas acopladas de forma a tapar a visão de pontos distantes, alheio à observação por olhares à distância.

Pelo mapa que eles tinham aquele não era o Rio Araçá, ele não constava nos mapas até então. Eles aproveitaram para abastecerem os cantis, molharam-se naquelas águas límpidas, trocaram-se e prosseguiram a caminhada em busca de algo que lhes desse alguma esperança. Consultando um mapa antigo que Cecília trazia em sua bagagem, verificaram que estavam na base de uma serra, próxima ao Rio Araçá.

Depois de alguns minutos de caminhada mata adentro, cansados, molhados, cambaleantes e desnorteados, sentiram estar sendo observado. A princípio, julgaram ser algum animal olhando uma possível presa ou algum nativo, mas essa última opção era impossível, pois a região parecia inóspita a qualquer ser humano. Porém não tiveram forças para o devido cuidado que deveriam ter. Entregaram-se nas mãos de Deus e adormeceram naquele chão umedecido pela chuva miúda de poucos minutos antes.

Algumas horas se passaram e ao acordarem deram por conta do perigo que poderia ter-lhes acometido. Assustados e cônscios daquela insensatez, babujados pela mistura de suor, húmus formado pela decomposição das folhas, frutos e animais mortos e da garoa que caía de forma incessante, colocaram-se de pé.

Com a experiência que tinham em trilhas, continuaram a caminhada sem pressa, a passos curtos, porém cuidadosos, atentos a qualquer ataque de animais peçonhentos ou predadores. Sabiam que naquela região habitavam serpentes do tipo coral com hábitos terrícolas rastejantes por entre as folhas mortas que se acumulam por anos de desfolhamentos das árvores. Por precaução, armaram-se com suas facas afiadas na expectativa de terem que se defender de qualquer perigo.

Depois de algumas horas de caminhada encontraram algumas falésias e verificaram uma cacimba de águas límpidas na parte baixa das escarpas.

— Chegou a hora de fazermos nosso rapel — disse Brand.

— Será que temos corda suficiente? — indagou Cecília.

— Ao que me parece vai ser uma descida de cerca de 15 m e temos duas cordas de 30 metros cada uma. Vai dar sim.

— Como sempre, Brand, você parece que adivinha. Realmente, fizemos bem em trazer as cordas.

— Cecília, lá embaixo encontraremos água limpa e potável se Deus quiser!

Depois dessa decisão, pegaram as cordas de suas mochilas e iniciaram a preparação para a grande descida rumo ao desconhecido, cientes de que estavam correndo perigo, mas essa era a única solução.

Para não perderem as cordas, encontraram um tronco fixo de árvore próximo à orla e rodearam as cordas segurando cada um as duas pontas e iniciaram a descida. A ribanceira era de terra argilosa e algumas partes foram se desprendendo e caindo sobre suas cabeças. Eles foram descendo, até chegarem ao chão firme.

— Nossa! Essa foi a descida mais difícil que eu já fiz — comentou Cecília.

— Também fiquei preocupado — falou Brand.

Assim que desprenderam as cordas, foram até uma corredeira para lavarem seus corpos, suas roupas e as cordas utilizadas na descida, manchadas de ocra.[3]

Nas mochilas havia algumas peças de roupas secas. Depois de vesti-las, foram esticar as roupas e as cordas para uma leve secagem — molhadas aumentariam o peso de suas bagagens.

---

[3] Terra fina composta de argila e óxido de ferro.

Enquanto as peças ficaram em exposição ao sol que estava ainda aquecendo aquela fenda, tomaram um pouco de água, encheram os cantis e deitaram-se para mais um repouso. A descida exigiu muito de suas forças e a fadiga já se mostrava pelo peso de suas pálpebras. Eles dormiram de forma profunda sem se preocuparem com o desconhecido, que, devido às circunstâncias, também faziam parte do contexto.

Quando acordaram o sol já havia transpassado a fenda, que agora estava coberta pelas sombras das escarpas. Aturdidos e sem rumo, trataram de arrumar suas mochilas e partiram ansiosos em busca de um lugar mais seguro para permanecerem. Estavam à margem de um pequeno rio e decidiram segui-lo acompanhando a correnteza, na intenção de encontrar algum lugar que lhes dessem maior segurança.

Sem noção dos perigos, devido ao cansaço e à desesperança, seguiram caminhando, olhando para os lados, sem tomarem cuidado com o chão em que pisavam. Absortos que estavam, não notaram uma cascavel poucos passos à frente, somente percebendo-a depois que um dardo assobiou nos ares, caindo na frente da cascavel, que erigiu o rabo e chacoalhou seu guiso, fazendo o casal desvencilhar-se do ataque.

Ao olhar na direção de onde partiu o dardo, assustaram-se ao verem dois seres observando-os com certa curiosidade, mas ao mesmo tempo transmitindo serenidade e fazendo sinal para que o casal os seguisse.

Eram homens de estatura mediana, imberbes, com vestimentas do tipo indígena: tanga, arco e flecha e lança; não havia nada em suas cabeças a não ser cabelos com cortes curtos.

Notando que se tratavam de seres amistosos, Brand antecipou-se, fez sinal de paz com as mãos, prostrou-se de joelhos na esperança de ser entendido e disse:

— Meu nome é Brand e essa é minha companheira Cecília. Compreendem a minha língua?

Sem responderem, fizeram sinal para que o casal os acompanhasse. Brand pegou a mão de Cecília e eles obedeceram aos dois homens, que iniciaram a caminhada na frente, afinal, essa era a única alternativa.

— Calma, Cecília... — disse Brand.

— Fique tranquilo, estou calma. Se nos quisessem fazer algum mal já teriam feito, não acha?

— Verdade. Vamos ser otimistas!

— É o que nos resta — argumentou Cecília.

SEGREDOS DA FLORESTA

Ao invés de descerem acompanhando a corrente do riacho, seguiram em direção contrária, aprofundando-se cada vez mais na imensidão daquela fenda, passando por pequenos arvoredos que teimavam em germinar naquele vale de formação arenosa, variando de grãos grossos e finos, mas avermelhados e úmidos.

Capítulo III

ENCONTRO INESPERADO

Após horas de caminhada, chegaram a uma clareira, onde estavam outros seres, com vestimentas que cobriam seus corpos. Eram camisolas de pano fino e larga para não atrapalhar seus movimentos, barbas alongadas e totalmente diferentes dos homens que os encontraram. Eram pessoas respeitosas e não se assustaram com a chegada dos estranhos. De imediato, abriram alas para os recém-chegados passarem acompanhado de seus guias.

Ao caminharem entre aqueles seres, Brand e Cecília perceberam que todos faziam um leve cumprimento com a cabeça, o que era correspondido pelo casal ainda atônito.

Um pouco mais adiante havia uma tenda, que lhes foi indicada para entrarem, sendo pedido aos dois para esperarem pelo chamado do superior. Brand e Cecília não estavam concatenando as coisas e estavam um pouco apavorados, principalmente por não imaginarem o que o futuro lhes reservaria. Aos poucos eles foram se acalmando e conseguindo transformar seu medo em certa tranquilidade.

Sem questionar, o casal entrou na tenda, um cômodo enorme com várias redes de dormir, uma grande mesa e algumas cadeiras. Um dos lanceiros disse:

— Podem ficar à vontade. Amanhã virei buscar vocês.

Ao descobrir que o lanceiro falava a sua língua, Brand indagou:

— Quem são vocês? Onde estamos?

— Fiquem calmos. Nada de ruim irá acontecer. Apenas por precaução é necessário que esperem aqui. Vocês serão bem alimentados e não precisam temer, somos da paz.

Mais tranquilo, Brand e Cecília procuraram uma rede para um bom descanso e dormiram. E dormiram muito, até o alvorecer, acordando com o canto dos passarinhos pousados nos galhos de uma frondosa árvore que sombreava a janela, impedindo a luz solar que teimava em penetrar no recinto.

Bem mais tranquilos, salvos e mais animados, começaram a pensar no que havia lhes acontecido.

— Cecília, até que tivemos sorte até agora, não acha?

— Confesso que cheguei a pensar no pior. Só não te falei porque ficaríamos apavorados e perdidos na densidão dessa mata. Só Deus sabe o quanto orei para merecer a graça de nos livrar dos perigos da selva.

— Você não é a única. Também estava apavorado e com muito remorso em ter colocado você nessa roubada!

— Na pior das hipóteses, eu o abraçaria e morreríamos. Assim, estaríamos juntos para sempre — disse Cecília.

— Nossa! Nunca pensei que era tão amado assim — respondeu Brand com um leve sorriso.

— Acho melhor me calar. Estou me entregando demais. Assim você ficará mais convencido do que já é! — retrucou Cecília, dando um largo sorriso.

O diálogo foi interrompido com a chegada de duas pessoas, com roupas mais ajustadas e coloridas, colares e braceletes nunca visto em suas visitas a lojas de artesanatos ou de bijuterias.

Cecília ficou encantada com a delicadeza das peças, mas nada comentou, preferiu apenas pensar que realmente eles haviam tido sorte por terem sido encontrados.

— Bom dia! — falou um deles.

— Bom dia! — responderam em coro.

— Viemos buscar vocês para uma audiência com o nosso líder.

Ainda sem entender quem era aquela gente, Brand respondeu:

— Muito bem. Então vamos!

— Mas primeiro precisamos tomar algumas precauções — falou um deles.

— Que precauções? — indagou Cecília.

— Precisamos vendar seus olhos e andar por um longo caminho, tudo bem? — perguntou um dos homens.

— Se é necessário e já que estamos aqui, que seja feita a vontade do líder — respondeu Brand.

Com os olhos vendados, prosseguiram segurando nos braços dos dois desconhecidos e andaram por algum tempo. Atento, Brand notou algum barulho de bichos, pio de aves, barulho de corredeiras.

Com mais algum tempo, ouviu o barulho de algo grande e pesado sendo arrastado. Também notou que o ambiente era bem úmido e frio e sentiu o calor de tochas acesas e o barulho de crepitação de gotas, o que o fez crer que estavam dentro de uma gruta.

Mais alguns passos e uma porta rangeu ao ser aberta, soprando um ar mais aquecido e um odor de rosas como se fosse a fumaça de um incenso. Cecília também sentiu e perguntou:

— Brand, você está aqui?

— Estou sim.

— Então me dê a sua mão.

Brand, que estava do outro lado de seu adjunto, trocou de lado e apertou a mão de Cecília, que estava fria e trêmula.

— Onde estamos? — perguntou Cecília.

— Calma, fiquem sossegados que estamos chegando! Daqui a pouco vou tirar as suas vendas — disse um dos guias.

O casal, então, foi levado a um cômodo bem arejado, com mobiliário feito com produtos artesanais, mas de esmerado acabamento — cama, mesas, cadeiras e outros utensílios que lhes proporcionariam um bom conforto.

— Vocês ficam neste quarto e descansem bem. Amanhã logo cedo serão servidos com um bom café e alguns petiscos! — disse um dos guias.

— Obrigado! — respondeu Brand.

— Ah! Ia me esquecendo. Se quiserem ler, pode pegar os livros que estão na estante. Fiquem à vontade! — disse um dos homens.

— Obrigada — falou Cecília.

Depois de várias horas verificando a vasta literatura, enciclopédias e revistas, começaram a entender que aquela gente formava uma comunidade com certos conhecimentos, inacreditáveis para quem morava no interior da floresta fechada, até então, inóspita.

Eles entreolharam-se de forma assustada e Brand disse:

— Quem será essa gente? Nativos da floresta é que não são!

— Também penso assim. O que será que vamos ver daqui para frente? — indagou Cecília.

— Não sei, querida, mas parece que até agora estamos tratando com pessoas subalternas. Melhor ficarmos de boa e esperar o que vai acontecer. Seja o que Deus quiser!

— Verdade. Vamos nos aquietar. Gostaria de acreditar que estamos tratando com pessoas de boa índole. É o que espero, com a graça de Deus! — concluiu Cecília.

— Isso mesmo. Melhor esperar e não pensarmos no pior — concluiu Brand.

O tempo passou rápido e eles foram se deitar. A cama era de casal e eles aconchegaram um de frente para o outro e deram um longo beijo.

— Já parou para pensar que depois que caímos na mata ainda não tivemos tempo sequer de nos amarmos, pois foi tudo tão atribulado? — perguntou Brand.

— É mesmo. Nem tive cabeça para pensar nisso. E acho melhor ainda não, pois não sabemos o que nos reserva. Então é melhor ficarmos atentos!

— Também penso assim, querida. Por enquanto é dormir com um olho fechado e outro aberto, prontos para qualquer imprevisto.

Depois dessas palavras, Brand notou que Cecília já havia fechado os olhos e se entregado ao justo descanso, adormecendo.

Cansado e com as pálpebras já pesando, chegou mais perto de Cecília e aproveitou para compensar a letargia que há dias os acossava. Assim, depois de muitos dias, ganharam uma bela e justa noite de sono, acordando com batidas na porta. Era uma mulher com alimentos para o desjejum: leite de cabra, queijo, biscoitos e pães.

— Quanta fartura! — exclamou Cecília.

— Nossa! Há quanto tempo não comemos esse tipo de comida, hein! — comentou Brand.

Depois de arrumar os petiscos numa mesa no centro do cômodo, a mulher saiu sem nada dizer, mas sentindo ter feito o melhor para o casal, deixando um leve frescor de seu perfume amadeirado.

Eles entreolharam-se e sentiram-se à vontade para sentarem-se naquela convidativa mesa e alimentar-se de forma educada, mas sem disfarçar a voracidade com que pegavam aquelas deliciosas comidas.

Passados cerca de trinta minutos, a mulher voltou e notou que eles haviam terminado de se alimentar. Ela recolheu os talheres e fez uma limpeza, deixando a mesa da forma que estava antes.

Antes de sair, ela disse:

— Podem se aprontar, pois virão buscar vocês para mais uma etapa dessa visita.

— Obrigado! — falou Brand.

— Fiquem à vontade! — disse a mulher, já se virando para sair.

— Até agora esse pessoal parece não ser de muita conversa — comentou Cecília.

— Realmente. Espero ver alguém mais falante para nos explicar onde estamos — falou Brand.

— Eu sempre vejo um mistério por trás do laconismo! — exclamou Cecília.

— E põe mistério nisso! — concluiu Brand.

A conversa foi interrompida com a chegada de um senhor de meia-idade, barba branca e cabelo grisalho e cacheado encostando nos ombros, trajando uma túnica branca, dizendo que estava ali para guiá-los até o líder da comunidade.

— Então chegou a hora! — disse Brand.

— Seja o que Deus quiser! — emendou Cecília.

— Acalmem-se, meus jovens. Nada de ruim vai lhes acontecer. Mas é que aqui fazemos tudo com o maior cuidado possível e vocês vão entender o porquê disso — falou o homem.

Alguns minutos de caminhada e eles entraram em um túnel, à primeira vista natural, mas logo perceberam as modificações em seu interior. Ele estava revestido com pedras de cortes perfeitos e devidamente encaixadas. Mesmo sem o uso de argamassa, evidenciavam-se os contornos perfeitos, mostrando ser um ambiente cuidadosamente construído pelo homem.

Mais adiante havia um salão revestido com a mesma arquitetura vista no túnel. Um ambiente espaçoso, com uma enorme mesa de mármore no centro, com alguns castiçais com velas acesas e alguns incensários evolando fumaça, que se desvanecia no ar do ambiente, exalando um leve aroma de jasmim e proporcionando uma sensação agradável que envolvia todo o ambiente.

Na parte extrema da entrada havia um trono de pedras sob um busto de um homem, com os dizeres "Atahuallpa II". No pedestal que sustentava o busto, entalhado em relevo, estava o sistema matemático utilizado pelos Incas, representado pelo modelo mnemônico desse povo, conhecido por quipus — duas cordas paralelas em posição vertical, cada uma dividida em quatro partes com riscos horizontais, cortados na pedra, em contraposição ao relevo das cordas. Essas quatro partes, de cima para baixo, representavam sucessivamente as casas de milhares, centenas, dezenas e unidades.

A primeira corda apresentava um nó na parte superior, logo abaixo cinco nós, na terceira parte um nó e na quarta nenhum nó, o que indicava o período inicial de 1510. Na segunda corda, um nó na primeira parte, seguido de cinco nós, depois mais oito nós e na última, um nó, indicando o final do período de 1581. Na parte superior do busto, uma figura representava o sol, também em relevo.

Realmente, estavam diante de um trabalho muito bem elaborado, edificado com as melhores técnicas de escultura em granito e mármore, principalmente pela época, quando ainda não havia ferramentas que facilitassem o corte em pedras tão duras, sem opção para o entalhe, a não ser com ferramentas manuais.

Brand e Cecília foram orientados a sentarem-se e esperarem a chegada do soberano.

Capítulo IV

UMA COMUNIDADE MISTERIOSA

Depois de algumas horas, já se sentindo mais acostumados com as surpresas que iam acontecendo e impactados com o que ainda estava por vir, ouviram o ranger de uma porta de pedra que se abriu. Alguns seguranças enfileiraram-se, formando um corredor humano.

Mais alguns minutos e entrou um homem aparentando cerca de 60 anos, estatura mediana, pele clara, cabelo prateado e liso, corte rente aos ombros, barba branca amarrada na parte inferior ao queixo, rosto liso e rosado.

Trajava uma túnica branca na altura dos joelhos, calçava sandálias de couro e um manto de lã sobre os ombros preso à frente com um alfinete dourado.

Portava um cajado de madeira roliça, com um acabamento na superfície superior, no formato de uma bola amarela, que simbolizava o sol — Astro-Rei que eles adoravam.

Em silêncio, dirigiu-se até o trono, onde se acomodou com a pose de um soberano. Depois de cumprir todas as formalidades, ele levantou-se, virou para onde estava a escultura do sol, ajoelhou-se e foi seguido pelos presentes. Nesse instante, eles entoaram um cântico com os dizeres: "Como nosso Deus é glorioso! Como nosso Deus é glorioso! Ó Deus, que faz bater nossos corações, inunde-os de amor, ilumine nossos caminhos, faça florir nossas plantações, enche de água nossos rios, eleve nossas esperanças para dias melhores, fecunda nossas matas de animais e víveres, cuide de nossas crianças e afaste de nós todos os males mundanos! Amém, amém, amém! Como nosso Deus é glorioso, como nosso Deus é glorioso!".

Ao fim dessa bela oração, o homem levantou-se e caminhou até os recém-chegados.

— Bem-vindo, amigos. Acredito que vocês devem estar assustados com o que estão vendo, mas aos poucos vou explicar a razão de tudo isso. — Deu uma pausa e continuou: — Quando me assento neste trono sou "Atahualpa XII" e represento uma dinastia de séculos, que vive neste ponto isolado do planeta, iniciada por meu antepassado Atahualpa II, descendente de Atahualpa, capturado pelos espanhóis em 1532. Seu filho, já com 22 anos, ajudado pelos amigos, conseguiu fugir dos espanhóis e embrenhar-se na mata densa. Ele atravessou rios e montanhas até encontrar um lugar seguro para se instalar. Este lugar foi escolhido devido à dificuldade de visualização.

— Interessante! — disse Brand.

— Pois bem... Com o passar dos anos fomos aprendendo a nos camuflar sem, contudo, deixarmos de frequentar as escolas do país e conhecer os avanços da sociedade em vários territórios. Por favor, fiquem à vontade, sentem-se!

Todos se sentaram, aguardando novas falas.

Brand, ainda atônito com o que presenciava e participava, levantou-se, aproximou-se daquele homem e disse:

— Muito honrado em conhecê-lo, Sr. Atau...

Mas ele foi interrompido pelo mandatário com os dizeres:

— Calma, senhor. Atahualpa hoje em dia é apenas um título dado àqueles que se sentam nesse trono. Meu nome de registro, pelo qual me apresento à sociedade, é Francisco. É por esse nome que atendo fora do trono.

— E como funciona essa sociedade? É tal qual no império dos Incas?

— Não exatamente. Separamos o que era bom e expurgamos o que era ruim.

— Como assim? — perguntou Brand.

— Não trouxemos a justiça implacável e o castigo severo pelas transgressões, nem a hierarquia parental, a posse de bens somente pelas castas mais privilegiadas e o poder central civilizador.

— E o que trouxeram de bom?

— Não utilizamos o sistema de castas e as propriedades são de todos. A hierarquia é conquistada com o aprendizado e o poder é regido por uma comissão dos mais sábios. Não utilizamos mais a prática do curandeirismo, dando preferência à medicina tradicional. Quanto à religião, seguimos adorando nosso deus Sol e o sacerdócio é representado por um dos nossos anciões, o mais preparado, devido às grandes responsabilidades que recaem sobre seus ombros.

— Sr. Francisco, estamos fascinados por seus relatos e honrados pela ajuda e hospitalidade. Meu nome é Brand e essa é minha companheira, a Cecília.

— E são professores, não é?

— Somos, mas...

— Visualizamos a chegada de vocês em todos os pormenores.

Ele fez um aceno para um de seus servidores, que lhes trouxe os documentos encontrados na aeronave.

— Nossa! Que bom que esses documentos foram encontrados. Se estivessem perdidos iríamos ter dificuldades para nosso retorno — disse Brand.

— Por isso que mandamos verificar a sua aeronave.

— Obrigado. Mas me diga, Sr. Francisco. Como se camufla essa sociedade que ninguém sequer tem noção da existência? — perguntou Brand.

— Vocês só conseguiram chegar até nós porque assim o permitimos. E mesmo assim, caíram em um local que a única saída seria por nós. Por isso os socorremos. Mas pode ter certeza, para estranhos, este lugar é inabitável e inacessível.

— Mais uma vez, estamos gratos pela ajuda, embora ainda um pouco confusos — comentou Brand.

— Como já disse, somos descendentes dos Incas e queremos preservar a nossa privacidade. Cansamos das guerras, das lutas. Queremos somente viver em paz.

— E como são escolhidos os líderes sem que haja disputa? — indagou Cecília.

— Pelo conhecimento.

— E como isso acontece? — perguntou Brand.

— Da mesma forma que acontece na sua sociedade — respondeu Francisco e continuou: — À medida que o indivíduo vai adquirindo conhecimentos, ele é alçado para uma categoria superior, em uma escala de cinco possibilidades.

— Então é como ir se graduando ano a ano? — perguntou Cecília.

— Cada categoria é concluída ao completar três verões, dependendo do avanço do estudante.

— Se ele não avançar, o que acontece? É reprovado e tem que repetir mais três anos? — perguntou Cecília.

— Vai depender do conhecimento que ele adquiriu. O certo é que ele terá que esperar pelo menos mais um verão para tentar subir de nível — respondeu Francisco.

— Mas o que irá motivá-lo a continuar seus estudos? — perguntou Brand.

— Mudar de nível também significa mudar de tarefas. Isso é o que ele deve perseguir.

— Quando ele superar todos os ciclos, cerca de 15 anos, o que acontecerá com ele? — indagou Cecília.

— Quando o estudante chega na mais elevada categoria, estará por volta de seus 25 anos. A princípio, recebe autorização de atuar no corpo docente, nas funções de monitoramento, e continuar estudando para exercer o magistério, se assim ele desejar. Ou poderá ser alçado a cargos de comando em várias tarefas, podendo escolher o que melhor lhe convier. Opções é que não faltam! — afirmou Francisco.

— E isso é tudo? — perguntou Brand.

— No decorrer dos anos ele completará seus conhecimentos testando as teorias que aprendeu e adquirindo experiência. Depois de estar totalmente amadurecido e cônscio de seus deveres, é integrado à corte suprema e a cada ano o mais antigo toma o posto de Comandante Supremo. As categorias inferiores têm suas tarefas e seguem uma hierarquia bastante sólida — explicou Francisco.

— Mas sabemos que em todas as relações há discordâncias. Como elas são sanadas?

— Se isso acontecer, o que é quase impossível, o errante passa a perder posições, pois o erro diminui sua possibilidade de acesso. Mas ninguém jamais ousou discordar de nosso *modus vivendi*, até porque esses ensinamentos são a base da ascensão do indivíduo às classes superiores e esse conhecimento deve ser comprovado por seus superiores.

— Então trata-se de uma sociedade fechada?

— Não! Cada um tem os seus próprios pensamentos e vive em plena liberdade. Nossos estatutos aplicam-se somente em assuntos inerentes à sociedade, com o intuito de mantermos certa hierarquia e certos conceitos no que se refere à conduta individual.

— Mas muitas vezes somos indecifráveis. Quantas vezes somos rejeitados por defender uma verdade. Quantas vezes ficamos admirados por uma mentira concordada ou somos ignorados por um pensamento positivo e benquistos por uma asneira concordada. Quantas vezes somos odiados por uma sabedoria e amados por cedermos à ignorância — argumentou Brand.

— O fato de discordar dos nossos costumes não o transforma em uma *persona non grata*. Se for o seu desejo, como voos mais altos ou ir para outros lugares, não há nada que o impeça e terá nosso apoio. Até porque já aconteceu com vários dos nossos.

— E como ficam os segredos dessa gente? Lá fora nunca ouvimos falar da existência de vocês.

— Até hoje, a palavra traição nunca existiu em nosso meio. Os irmãos que saíram pelo mundo de tempos em tempos voltam para nos fazer visita e trazer novidades de todos os continentes.

— Então é assim que a cultura de vocês é alimentada? — perguntou Cecília.

— Temos uma vasta biblioteca, bons computadores e uma rede de informações.

— E como são feitos os debates entre os estudantes? — indagou Brand.

— Temos consciência de que não somos os donos da verdade, apenas procuramos dar o melhor de nós em função da sociedade, mas o pensamento é livre, assim como o debate, desde que haja respeito entre as pessoas, sejam velhos, novos, crianças, superiores ou inferiores em relação à hierarquia. Todos merecem respeito.

— Aqui vocês têm acesso à informática. Como lidam com a possibilidade da inteligência artificial? — perguntou Brand.

— Somente o que nos é útil.

— Mas a inteligência artificial está avançando e certamente não haverá retrocesso. Muitas pessoas já estão perdendo seus empregos para os computadores. Corre-se o perigo de o ser humano ser substituído em sua totalidade, perdendo seu lugar para as máquinas — argumentou Brand.

— Infelizmente, isso pode caminhar para uma realidade, mas não será tão fácil assim. Penso que fique somente nos processos repetitivos, porém com a necessária coordenação do homem. Além desse nível, o homem terá dificuldades em passar para esse modelo artificial cem por cento do seu poder de decidir devido à dualidade de pensamentos entre os humanos — respondeu Francisco.

— Mas já estão testando uma funcionalidade de interpretação de textos com pontos que extraem as complexidades e seus reflexos — retrucou Cecília.

— E certamente deve parar por aí. Um robô não sabe discernir ou ponderar a gravidade de um assunto, entressachar o certo e o errado. Ele apenas faz o que foi programado para fazer. De qualquer forma, os registros de um robô são programados por um humano — disse Francisco.

— Verdade! — concordou Cecília.

— Ao codificar o programa-fonte não há como prever a possibilidade do reverso, que também pode ser verdadeiro conforme o conceito usado no momento, por melhor que a máquina seja nutrida com dados, já que não há ali o elemento cognitivo, tal qual nos humanos. Seria possível, então, uma máquina fazer a opção que melhor se enquadra em determinada situação? A habilidade de aprendizado no ser humano resulta na capacidade cognitiva — falou Francisco.

— Concordo com esse raciocínio. Basta dizer que muitas pessoas utilizam programas de mapeamento de endereços nas grandes cidades para conduzi-los a algum destino e, ao final, acabam sendo induzidos a passar por vias que qualquer humano com o mínimo de juízo com certeza evitaria — argumentou Brand.

— Por outro lado, se tenho uma máquina que me faz compreender as coisas sem que eu me esforce, corro o risco de ceder aos anseios dessa máquina, perder minha dignidade e meu pensamento próprio, ficando na dependência dos caprichos dela, ou melhor, de seus programadores — completou Francisco.

— Concordo plenamente. Hoje em dia as pessoas não procuram entender sobre determinado assunto simplesmente analisando uma situação com pesquisas em fontes seguras. Preferem, talvez por ser mais fácil ou até mesmo por pura incapacidade de entendimento, procurar nos sites ou nas redes sociais, abarrotadas de informações, algumas até boas, mas outras nem tanto assim — disse Brand.

— O grande perigo são as informações repetitivas massificadoras, com o intuito de germinar na mente desprotegida informações fúteis e contraditórias — comentou Cecília.

— Claro. Se a inteligência artificial for programada por pessoas inconsequentes, poderá, então, seguir por uma infinidade de possibilidades, até mesmo, sem nenhum exagero, à inutilização dos seres humanos, que, por enquanto, ainda estão no comando, ou até criar um efeito manada em que haja uma obediência suprema a um só ser, aquele mais esperto, que conseguir dominar a inteligência artificial a serviço de seus interesses — emendou Francisco.

— Concordo. As pessoas são facilmente influenciadas por outra. Ficam cegas às coisas mais óbvias e de fácil entendimento a ponto de acreditarem com toda convicção até naquilo que não é de seu conhecimento. A cegueira do cérebro é a pior delas, reduz o universo de compreensão. Um cérebro atrofiado deixa o indivíduo sem poder de raciocínio, à mercê de pessoas inescrupulosas — comentou Cecília.

— E ainda assistimos com pesar a inconsequência dos habitantes deste planeta, utilizando grandes recursos para façanhas com efeitos duvidosos — falou Francisco.

— Como assim, amigo? — indagou Brand.

— Os poderosos deste planeta almejam grandes façanhas em busca do desconhecido no espaço cósmico, mas pouco se incomodam com as condições do planeta em que moram.

— Mas eles não estão certos em promover a descoberta do desconhecido? — questionou Cecília.

— Até certo ponto sim, mas como querer conhecer o espaço se pouco conhecem de seu próprio planeta e o que conhecem não cuidam? — inquiriu Francisco.

— Sobre o cuidar deste planeta, concordo plenamente, mas o que ainda falta conhecer deste planeta? — perguntou Cecília.

— Você já pensou no que pode haver nas fossas abissais dos oceanos? — indagou Francisco e continuou: — Eu respondo... Se você fizer uma viagem até a parte mais profunda do mar, no mais profundo abismo, onde nenhum ser humano já ousou chegar, certamente encontrará muito lixo produzido pelas indústrias deste planeta.

— Isso é fato, meu amigo. Concordo plenamente com seu raciocínio. Realmente, pouco se conhece de nossas florestas, quiçá da profundidade de nossos oceanos — falou Brand.

— Verdade! — concordou Cecília.

— Bem, a conversa está ótima, mas precisamos ir para outro recinto. Está na hora do nosso ritual — disse Francisco.

O anfitrião conduziu-os para um salão maior, formato oval, trabalhado em pedras. O teto era decorado com um sol no centro, com riscos verticais em relevo representando os raios solares, que apontavam para todos os lados do salão.

Nas partes laterais, bancos de pedras dos dois lados, aos quais os participantes eram conduzidos. Das duas extremidades, uma era voltada para o leste, onde se posicionava o trono do Atahualpa II, e a outra para o oeste, na qual havia uma figura de uma lua prateada, e abaixo vários bancos definidos para os outros membros da corte suprema.

Antes do início da cerimônia, Francisco explicou aos convidados a posição dos lados opostos:

— O comandante supremo fica do lado do nascimento do sol. Simboliza que ao amanhecer ele recebe o sol com alegria, na certeza de novas energias, e ao entardecer, ela deposita nas mãos do corpo supremo, que o entrega ao seu poente. Dessa feita, temos um grande ritual ao amanhecer e outro ao anoitecer. Assim, no ritual da manhã, a corte suprema atravessa o salão carregando o sol e o entrega nas mãos do Atahualpa, e ao anoitecer, conforme será nesta cerimônia, Atahualpa devolverá o sol às mãos do supremo, que se posiciona sobre a lua. Esse ritual é acompanhado com o canto do coro: "Como nosso Deus é glorioso! Como nosso Deus é glorioso! Ó Deus, que faz bater nossos corações, inunde-os de amor, ilumine nossos caminhos, faça florir nossas plantações, enche de água nossos rios, eleve nossas esperanças para dias melhores, fecunda nossas matas de animais e víveres, cuide de nossas crianças e afaste de nós todos os males mundanos! Amém, amém, amém! Como nosso Deus é glorioso, como nosso Deus é glorioso!".

— E qual o sentido desse ritual?

— Seu sentido é muito importante para todos nós. Ao receber o sol, fico responsável por todos os problemas e questões que se apresentarem e tiverem necessidade de uma supervisão; ao anoitecer, o sol fica sob a responsabilidade de todo o corpo do supremo e todos nós somos responsáveis por tudo que a noite nos reserva. Quanto ao nosso canto, sempre fazemos questão de reverenciar o nosso amado Ser Supremo que nos deu a vida, o nosso torrão e a condição de nele habitarmos — respondeu Francisco.

Então deu uma breve pausa e completou:

— Essa oração, nós a fazemos, no mínimo, duas vezes ao dia. Se a prece é feita com o coração puro e cheio de amor — coração e mente perfeitamente unificados —, a alma vibra ao diapasão da Luz Divina. Aquele que ora é amado e suas necessidades são satisfeitas. Quando se pede com o coração, sua chama de luz brilha em seu favor.

— Muito interessante! — falou Brand.

— Pois é assim que vivemos por todos esses anos sem sermos incomodados por demandas externas. O nosso segredo de fidelidade está no amor que cultivamos entre todos os seres do nosso convívio. Até com aqueles que, como vocês, por um acaso, chegaram até a nós. Amanhã, logo após o ritual do amanhecer, vou levá-los aos nossos campos de cultivo de víveres — disse Francisco.

Terminado o ritual do anoitecer, os convidados foram levados a uma mesa para uma leve refeição — pequena porção de proteína, saladas e sucos de frutos naturais da floresta — antes de se recolherem para seus aposentos.

— Que bom! Estamos vivenciando uma experiência impagável. Obrigado por tudo — falou Brand.

— Estejam sempre à vontade. As visitas são bem-vindas! — respondeu Francisco.

Ao ficarem a sós, Brand olhou para Cecília e disse:

— Interessante... Ao ouvir as palavras de Francisco, parecem que são minhas as palavras!

— Coincidência, querido! — respondeu Cecília.

— Mas eu cheguei a ficar arrepiado! — falou Brand.

— Acho melhor dormirmos. Você já está sonhando acordado! — disse Cecília.

— Tudo bem. Acho que você tem razão — comentou Brand.

Então, mais confortados com a situação, já conscientes de que estavam totalmente fora de perigo, foram direto para a cama. Assim que se deitaram, o sono chegou bem rápido e o casal adormeceu serenamente.

Capítulo V

A ORGANIZAÇÃO SOCIAL

Na manhã seguinte, os visitantes foram levados para conhecerem o sistema de cultivo da comunidade. Francisco acompanhou-os, não como Atahualpa, chefe maior da comunidade, mas como um simples cicerone, o que os deixou mais à vontade.

As plantações somente eram percebidas depois de uma aproximação maior. Eles desenvolveram um sistema de cultivar algumas plantas em pequenas clareiras, o que foi facilmente notado por Brand, que indagou:

— Por que essas plantações foram feitas dessa forma?

— Com o passar dos tempos aprendemos fazer esse tipo de cultivo para evitar sua observação por algum aparelho que passar por nossos céus — respondeu Francisco.

— Como funciona essa técnica? — perguntou Cecília.

— Normalmente, as plantações nessas clareiras são tubérculos, tipo de alimento muito utilizado em nossa comunidade. Quanto às verduras, procuramos plantar umas distantes das outras, evitando canteiros uniformes, como forma de evitar que haja algum tipo de trabalho na terra. Mas existe uma variedade de plantas nativas que servem para uma nutrição balanceada.

— São vegetarianos? — indagou Cecília.

— Não. Utilizamos várias proteínas advindas da criação de animais, como porcos e galinhas, e da pescaria.

— Como são criados os animais? Presos? — questionou Brand.

— Não. Aqui os animais são criados soltos, até porque no ambiente em que vivemos eles não vão muito longe, encontram alimento fácil pelas redondezas — respondeu Francisco.

— E sobrevivem nessa selva, ainda que em curto espaço? — perguntou Cecília.

—Alguns não. São mortos por animais silvestres. Mas compreendemos isso. É a natureza se fazendo valer — explicou Francisco.

— São grandes perdas? — inquiriu Brand.

— Não. Aqui na selva a natureza é perfeita. Os animais caçam somente para saciarem a fome. Por isso há alimentos para todos. Agora, se você utilizar esse sistema — criando animais soltos — em fazendas nas adjacências das cidades, certamente o abate será bem maior, pois os animais silvestres que vivem naquelas redondezas não têm muito o que comer, o que facilmente pode dizimar uma criação de animais domésticos.

— E tem também o ser humano inconsequente, que age como predador do que não lhe pertence — afirmou Brand.

— Essa possibilidade também é factível — considerou Francisco.

— Vocês são privilegiados — comentou Cecília.

— Quando viemos para este lugar, há séculos, o propósito era realmente evitar a civilização sem, entretanto, eliminar a cultura, as teorias e o conhecimento técnico. Essa divisão foi muito difícil de padronizar nos conceitos de todos. Uns pensavam: "Como vamos adquirir cultura e conhecimento se ficarmos isolados neste mundo selvagem?".

— Esse deveria ser um grande dilema para todos mesmo — concordou Brand.

— Sim, um grande dilema, mas utilizando o que aprendemos a todo custo, conseguimos, com o passar dos anos, solucionar esse problema — falou Francisco.

— E conseguiram, pelo visto! — disse Brand.

— Sim! Quando aqui chegamos, no início de tudo, vieram muitos sábios e conhecedores de grandes técnicas de construção, escrita, cálculos, culinária, agricultura e outras modalidades. Criamos um sistema de transmissão de técnicas, uns ensinando aos outros aquilo que sabiam. Muitas vezes, a pessoa era professor em determinada matéria e aluno em outra. Dessa forma conseguimos passar os conceitos de uns para os outros — explicou Francisco.

— Muito interessante! — disse Cecília.

— Com os conhecimentos nivelados entre todos os habitantes da comunidade foi possível pactuarmos os segredos. Alguns interessados, com o apoio dos outros, saíram pelo mundo em busca de informações — falou Francisco.

— Essa decisão realmente foi muito corajosa — comentou Brand.

— Foi sim. Nos primeiros anos a colheita era bastante rara, pouco se aprendia nas civilizações visitadas, mas Gutemberg já havia surgido com a imprensa e com poucos anos começamos a ter acesso a novas escritas, o que iniciou o nosso acervo de conhecimento em várias áreas. Graças a isso, hoje temos vários livros técnicos, romances, poesias, tanto para leitura adulta quanto para leitura infantil e pré-adolescente — falou Francisco.

— Então alguns de vocês saíram para o mundo em busca de conhecimento para o enriquecimento cultural da sociedade, é isso? — perguntou Cecília.

— Sim, com esse acervo à nossa disposição começou a crescer um grande interesse em progredirmos, porém tivemos o cuidado de não sair de nossos limites e juntar todos os conhecimentos em prol de nossa sociedade. Muitos de nós percorreram o mundo em busca de conhecimento e chegamos ao limiar de tudo que era possível assimilar em nosso proveito. Com isso, conseguimos reunir grandes profissionais com a sabedoria que foram adquiridas ao longo dos anos, mas de forma discreta, no sentido de evitar destaques entre os grandes cientistas. Essa era uma condição necessária para nossos interesses — falou Francisco.

— Bem planejado — comentou Brand.

— Feito isso, essas teorias foram repassadas a todos até conseguirmos uma harmonização de todos os conhecimentos e colocá-los em prática e em nosso favor.

— Muito bem, Francisco! Este lugar, assim como as pessoas, merece respeito e admiração! — exclamou Brand.

— Falou como se fossem minhas palavras — disse Cecília.

Após esse passeio, Francisco levou-os até uma sala onde um artesão talhava peças para atender uma encomenda e disse:

— Amigos, algumas dessas peças são para vocês. Ainda hoje as entregarei.

— Obrigado pela atenção, Sr. Francisco. Serão bem-vindas! — comentou Brand.

— Bom... Já está escurecendo. Vamos até o refeitório para fazer um lanche antes de nos recolhermos. Amanhã vocês terão uma bela surpresa — disse Francisco.

Depois de um farto lanche, Cecília coçou os olhos e disse:

— Está na hora. Meus olhos estão pesados.

— Verdade. Boa noite, Francisco. Também estou precisando de um boa noite de sono — falou Brand.

— Esperem só um pouquinho — pediu Francisco, quando percebeu a presença de um homem com um embrulho nas mãos. Recebeu o embrulho e entregou-o ao casal, dizendo: — Aqui estão as suas peças.

Então colocou-as em uma caixa e levou-a com ele, junto aos visitantes, até o dormitório. Porém era outro quarto, um recinto mais requintado do que o aquele em que eles pernoitaram por algumas noites.

Mas o sono estava chegando e eles não tiveram forças para explorar o ambiente, adormecendo quase que imediatamente, como se estivessem letárgicos por algum entorpecente.

Já passava das 9h quando Brand foi acordado pelo toque do telefone:

— Alô. Quem é?

— Bom dia, Sr. Brand. É a recepcionista... Estou ligando para informar que o horário do café está terminando. Caso vocês queiram, podemos atendê-lo com nosso *room service*. Ainda dá tempo para seu desjejum.

— Pode ser, por favor. Obrigado!

Brand, ainda sonolento e confuso, olhou para o lado e notou que Cecília estava acordando naquele momento, também com aparência confusa.

— Bom dia, amor — disse Brand.

— Bom dia, querido. Onde estamos? Não foi nessa cama que nos deitamos ontem, foi?!

— Esquisito isso, não?! — indagou Brand sem nada entender.

Conjecturaram-se por vários minutos e não encontraram explicação para o que lhes havia acontecido, principalmente quando notaram que ambos tinham as mesmas lembranças: tudo igual, todos os passos que deram juntos, nada fora do lugar; lembraram-se de item por item. E notaram não terem nenhuma prova material, embora tenham se deitado naquela noite com alguns objetos que lhes foram ofertados por Francisco, quando representava a figura de Atahualpa.

Mais alguns minutos e Brand atendeu outra ligação:

— Alô. Quem fala?

— Sr. Brand?

— Sim, é ele mesmo. Quem fala?

— Sr. Brand, aqui é o Henrique, do hangar. Precisamos saber se você vai voar hoje.

Esse telefonema deixou Brand mudo por alguns momentos, o que foi notado por Cecília, que ficou bastante nervosa e disse:

— O que há, Brand?

Ele nada respondeu, fez um sinal com as mãos para que ela esperasse e voltou a falar:

— Sr. Henrique... É que... Aconteceram algumas coisas que ainda não estamos entendendo, mas... Daqui a pouco ligo para você, tudo bem?

— Claro, Sr. Brand, fique tranquilo. Nós esperamos o tempo que for necessário. O avião está guardado — respondeu Henrique desligando o telefone.

Brand sentou-se junto a Cecília e eles começaram a pensar juntos.

— Como pode ser? Tínhamos certeza de ter perdido o avião... Agora vem essa ligação... — comentou ele.

— Brand, estou muito confusa e com muito medo. Será que tudo que vivemos foi apenas uma utopia? Como pode ser, ambos sonharmos a mesma coisa? Afinal, estávamos sonhando antes ou estamos sonhando agora?

— Infelizmente, minha querida, a menos que não estejamos sonhando, não posso explicar tudo isso neste momento. As suas dúvidas são também as minhas. Mas certamente vamos procurar respostas. Ah, se vamos! Essa é a única coisa que tenho certeza neste momento.

— Ou então acordaremos desse sonho maluco! — retrucou Cecília.

Com os pensamentos ainda misturados entre a realidade e a fantasia, quase não ouviram o toque na porta. Era o pessoal de serviços de quarto com o café da manhã, o que foi recebido, pois estavam famintos.

Depois de se alimentarem, Brand ligou para a empresa locadora do avião e solicitou que a entrega da aeronave fosse marcada para dois dias após aquela data, se fosse possível:

— Claro, Sr. Brand. Na véspera você nos liga para marcarmos um horário que seja bom para ambas as partes — disse o representante da empresa locadora.

— Agradeço a gentileza. Amanhã pretendo fazer mais um voo e em seguida o aparelho estará liberado no hangar no aeroporto de Manaus, conforme combinamos no contrato — afirmou Brand.

Feito isso, Cecília pediu para ficarem em Manaus mais um dia:

— Eu gostaria de fazer outros passeios, conhecer melhor a cidade. Você concorda, meu querido?

— Claro que concordo. Vou marcar nosso regresso para daqui a quatro dias. Está bom assim?

— Claro! — respondeu Cecília com um belo sorriso, aproximando-se de Brand e dando-lhe um beijo ardente.

Brand deixou Cecília descansando no hotel e foi até o hangar. Conferiu que seu avião estava intacto, sem qualquer arranhão. Chamou o encarregado do hangar:

— Por favor, seu Henrique.

— Pois não, Sr. Brand. O que deseja?

— Gostaria de fazer uma boa revisão nesse avião e se estiver tudo em ordem, que ele seja abastecido com o máximo possível de combustível para uma longa viagem amanhã, ok?

— Claro, Sr. Brand. Às suas ordens!

— Apenas uma solicitação, por favor!

— Tudo bem. Amanhã bem cedo, se não houver algum imprevisto, a aeronave estará a seu dispor. Mas fique tranquilo, qualquer contratempo será avisado.

— Obrigado!

Nesse momento, Brand já estava decidido a compreender o que lhes havia acontecido. Apostava no famoso lema de São Tomé: "Ver para crer". Tudo havia de ser explicado.

Mais tranquilo, Brand voltou para o hotel e avisou Cecília que ele queria fazer uma viagem para conferir o que lhes havia acontecido.

— Mas por que isso, meu querido? — perguntou Cecília.

— Você me conhece e sabe que gosto de esclarecer os fatos. Como posso voltar das nossas férias sem uma explicação do que nos aconteceu?

— Se é assim que você deseja, então vamos. Mas dessa vez vamos preparar melhor nossos apetrechos. Dessa vez quero estar mais prevenida.

— Claro, querida. Já estou tomando as providências. Mas por hora vamos aproveitar a cidade, fazer alguns passeios e ir a um bom restaurante. Amanhã bem cedo partiremos.

— Se essa é a sua vontade, vamos em frente. Que assim seja! — disse Cecília.

Querendo adiar a tentativa de entendimento do enigma que os perturbava, resolveram aproveitar o restante do dia para perambular pela cidade em busca de novidades. Preferiram dispensar qualquer tipo de veículo, dando preferência às caminhadas, ainda que fossem longas.

Ao final da tarde, suados pelo sol escaldante e demonstrando certo cansaço, avistaram um restaurante de comida típica alemã, o que foi bastante convidativo para um descanso. A vontade de degustar um bom chope foi fator preponderante para concordarem em entrar no recinto, afinal estavam de férias e tudo podiam, desde que fosse com moderação.

O ambiente estava bem agradável e devidamente refrigerado, o que compensava o calor que fazia do lado de fora.

Ficaram horas conversando, dando preferência a outros assuntos que não lhes trouxessem o enigma para a conversa. Gostaram muito do atendimento e ali ficaram até o anoitecer, quando decidiram voltar ao hotel, o que fizeram com mais uma bela caminhada.

Já no hotel, Brand foi até a recepção para pegar as chaves, enquanto Cecília esperava o elevador. Na suíte, colocaram seus pertences em uma mesinha e foram se deitar para um bom descanso, não sem antes trocarem carícias e se amarem como de costume.

Capítulo VI

RETORNO À REALIDADE

Na manhã seguinte, desceram para o restaurante do hotel assim que o serviço do bufê começou a ser servido. Fizeram um leve desjejum e partiram ansiosamente para o aeroporto, levando poucas bagagens, mas o suficiente para quaisquer imprevistos.

Ao chegarem ao hangar, Henrique já os esperava:

— Sr. Brand, a aeronave está totalmente revisada e bem abastecida. Coloquei no bagageiro tudo que o senhor me solicitou. Espero que façam uma boa viagem.

— Obrigado, Henrique. Assim esperamos!

— Voem na paz de Deus! — exclamou Henrique.

— Que Ele esteja sempre conosco — respondeu Cecília.

— Que assim seja! — disse Brand.

Logo em seguida, o casal foi em direção ao avião e depois de se acomodarem e apertarem os cintos, o aparelho foi taxiado pela pista de rolamento até a cabeceira, posicionando-se para a decolagem.

Não demorou muito para a torre de controle emitir a autorização para a decolagem. Brand deu partida na aeronave, que decolou de forma sublime, ganhando os céus de Manaus e estabilizando o voo em uma altitude compatível com o modelo de aeronave e nas condições que precisavam para a devida exploração da floresta.

Passados alguns minutos, iniciou o voo por cima da selva amazônica. Eles levaram binóculos de longo alcance e vasculharam todos os lugares possíveis. Fizeram voos rasantes, mas não encontraram nada que os levasse até o local que tinham visitado.

Destemido que era, Brand não desistiu. Fez voos por cima das copas das árvores, dando várias voltas e olhando de todos os lados, não visualizando nada conhecido. Por fim, deu um rasante pela região da Serra do Araçá, mas também não conseguiram detectar qualquer sinal de vida humana, qualquer plantação diferente da mata amazônica, nada que indicasse haver habitantes na região.

Cecília já estava apavorada, segurava com força nas bordas do assento e implorava a Brand que tomasse cuidado:

— Calma, meu querido. Não precisa exagerar. Acho melhor você se controlar. Do contrário vai acabar nos matando!

— Fique tranquila, minha querida. Sei o que estou fazendo. Mas vou ficar bem atento — disse Brand.

Brand deu um voo rasante por um desbarrancado parecido com o que eles tinham descido, mas nada indicava que alguém havia estado por aquelas ribanceiras.

— Você se lembra deste lugar, Cecília?

— Não. Nada ali parece com o que passamos.

— Também não reconheço nada. Acho melhor voltarmos antes que fiquemos sem combustível — comentou Brand.

— Melhor mesmo... Vamos evitar que o nosso sonho, que parecia real, se torne desta feita bem real aos olhos de todos — disse Cecília.

— Até porque não acredito que seríamos socorridos daquela forma, não é mesmo? — respondeu Brand.

— Então pilota logo esse avião rumo a Manaus. Já estou ficando um pouco apavorada! — exclamou Cecília.

— Calma, querida. Desta vez estamos seguros, pode ficar sossegada. Confie em mim! — pediu Brand.

— Confiar, eu confio, mas lembre-se de que estamos voando — respondeu Cecília meio receosa.

Brand sorriu, deu uma piscada para Cecília, começou a conduzir a nave em direção a Manaus e disse:

— Você venceu, minha querida. Estamos voltando.

— Ainda bem! Respondeu Cecília.

Na volta houve uma leve preocupação. O tempo estava um pouco nublado, o que ocasionou uma leve trepidação no aparelho, mas nada que atrapalhasse a visão do piloto. Porém Brand não deixou de notar a aflição de Cecília:

— Fique tranquila, Cecília. Vamos chegar a Manaus antes da chuva. Pelo visto ela está caindo longe daqui.

Cecília começou a orar e a pedir a Deus que os ajudassem naquela viagem, e ela foi atendida. Por volta das 15h eles estavam pousando no aeroporto de Manaus.

— Graças a Deus, o pouso foi um sucesso! — exclamou Brand.

— Graças a Deus! — exclamou Cecília, persignando-se e orando em agradecimento a Deus por voltarem sãos e salvos.

Assim que a aeronave foi taxiada para o hangar o tempo fechou totalmente e uma chuva torrencial com fortes relâmpagos cobriu o céu de Manaus.

O dia escureceu de repente e os raios riscavam o céu entre as nuvens, proporcionando clarões e medo na população.

O aeroporto ficou fechado para pouso e decolagem durante cerca de duas horas. Mas o tempo ruim foi se dissipando e o sol apontou no alto, querendo espalhar seus raios, mas ainda tímido, semi-coberto pelas nuvens, que pareciam querer manter o tempo chuvoso.

Cecília deu um suspiro e deu graças a Deus por eles terem pousado sãos e salvos, mas não deixou de fazer a sua observação:

— Se tivéssemos demorado um pouco mais para voltarmos estaríamos perdidos, não querido?

— É verdade. Não teríamos combustível suficiente para ficar mais duas horas sobrevoando e esperando o tempo melhorar. Realmente fomos salvos mais uma vez, agora dentro de nossa realidade.

— Brand, você é meu amor, mas por favor, não me coloque mais em uma roubada dessas!

Brand encarou Cecília tête-à-tête, deu um sorriso e disse:

— Calma, querida. Você ainda vai se acostumar!

Cecília olhou para Brand, deu um sorriso acanhado e disse:

— Será?

Após a trégua da chuva, o casal voltou ao hotel para dar continuidade aos seus planos.

A aeronave deveria ser entregue aos locadores no aeroporto de Manaus e Brand deveria estar presente para qualquer verificação de desgaste, se houvesse. Esse era um expediente para que a caução fosse liberada e o contrato fosse dado como encerrado. Para esse acerto, ele deveria ligar para os representantes da companhia, conforme o último telefonema, e marcar um horário, o que deveria ser feito de imediato.

Assim que chegaram ao hotel foram informados de que havia uma caixa endereçada ao casal e que fora colocada na sala de recepção do apartamento devido à recomendação de que fosse entregue diretamente a eles.

— Quem deixou a caixa? — perguntou Brand ao *concierge* do hotel.

— Um senhor de meia-idade chamado Francisco. Ele disse que vocês o conheciam.

— Francisco? — perguntou Brand meio assustado, assim como Cecília estava.

— Sim. Ele disse que poderíamos abrir a caixa para conferência, mas preferimos não o fazer.

— Obrigado. Vou conferir tudo.

Brand segurou Cecília pelo braço e subiram apressadamente para o apartamento. A caixa estava no meio da sala de estar com um envelope tipo pergaminho.

Com a ajuda de Cecília, abriram a caixa e lá estavam todas as peças de artesanatos com as quais tinham sido presenteados na última noite que passaram naquela comunidade.

— Como pode isso? — indagou Brand.

Assustado, ele olhou para Cecília, que estava atônita, parecia até que havia perdido a sua cor natural.

Cecília estava com um bilhete nas mãos, olhos arregalados e sem nada entender.

No bilhete estava escrito: "Caros amigos, é natural que vocês fiquem confusos, afinal fatos como este são incomuns, bem sabemos. Vocês não foram os primeiros a nos visitar, outros já o fizeram. Espero que compreendam que não podemos nos deixar ser encontrados, temos uma cultura e um conhecimento de vida que nos permite nos camuflar quando necessário. Do contrário, nossa comunidade já não existiria há muitos anos. A razão da nossa existência foi aprender a anular a curiosidade que normalmente faz parte da humanidade. Os brindes foram ofertados de coração e espero que façam bom proveito deles. Eles são a prova de que estivemos juntos por algum tempo. Doravante, vou procurar sempre saber de vocês. Fiquem na paz do Criador. Um abraço! Francisco".

Com esse bilhete, o casal decidiu ficar quieto sobre o ocorrido, até porque, se falassem alguma coisa, poderiam ser ridicularizados. Então fizeram o seguinte pacto:

— Olha, querida... Vamos deixar as coisas como estão, sem promulgar qualquer fato sobre essa nossa experiência. Até porque não temos como provar nada.

— Mas e os artesanatos? Como explicar? — indagou Cecília.

— Essa questão é a mais fácil. Podemos dizer que adquirimos na estrada de algum lugar que caminhamos por terra, visitando localidades ao redor de Manaus. Dizemos que o vendedor era um senhor de nome Francisco. Dessa forma, falaremos, pelo menos, meia-verdade, concorda? — falou Brand.

— É... Você arranjou uma ótima saída! — concordou Cecília.

— Agora... Como explicaríamos a queda do avião se ele, na verdade, está intacto? — falou Brand.

— Tudo bem. Mas ainda estou meio tonta com tudo que aconteceu. Por hora, preciso me concentrar. Melhor discutir esse assunto quando voltarmos do nosso passeio — comentou Cecília.

— Tem razão, querida. Vou tomar um banho rápido e depois sairemos para um passeio. Quem sabe consigamos amainar nossos pensamentos.

— Opa! Eu também quero esse banho! — concordou Cecília.

Cecília abraçou Brand e eles foram juntos ao banheiro, largando pelo chão as peças de roupas enquanto se despiam. O calor estava insuportável naquele dia e resolveram desligar a eletricidade do chuveiro, mas ainda assim a água não estava totalmente fria.

Como dois apaixonados, deleitaram-se com o amor na água morna que caía nos corpos totalmente desnudados. Eles abraçaram-se, beijaram-se e amaram-se incansavelmente.

Já estavam se vestindo quando Brand conferiu seu relógio de pulso e disse a Cecília:

— Querida, já são 17h30. Vamos dar um passeio pela redondeza e depois parar em algum lugar aconchegante para brindar com um bom espumante e comer alguma coisa, topa?

— Claro, querido. Estava mesmo com vontade de tomar um bom vinho e quem sabe conversarmos mais um pouco sobre o ocorrido.

SEGREDOS DA FLORESTA

— Vamos sim. Também estou precisando desabafar um pouco. E como diz a expressão latina: *in vino veritas*.[4]

Ao cair da tarde estavam visitando o Museu da Amazonas (Musa), onde aproveitaram para aprenderem um pouco sobre os biomas amazônicos, o que os assustou ainda mais, pois notaram que eles realmente estiveram vagando pela floresta amazônica quando perdidos, concluindo que os fatos eram notórios. Cada vez mais o dilema crescia em suas mentes.

Era noite de lua cheia e a luz clareava as águas do Rio Negro, uma linda visão pela janela do restaurante escolhido para o jantar. O restaurante estava quase lotado, com poucas mesas desocupadas. Foram conduzidos pela recepcionista até uma mesa bem posicionada, de onde era possível ver, além do rio, a feira de Panair. Logo foram atendidos pelo *maître*,[5] que lhes entregou a carta de vinho e perguntou se eles queriam alguma sugestão.

— Gostaríamos, sim, da sugestão do prato e do vinho que harmoniza — disse Brand.

---

[4] No vinho está a verdade.
[5] Expressão em francês para denominar o mestre do restaurante.

— O tambaqui assado é um prato que sai muito bem e harmoniza com um Blend Rosé ou um Chardonnay Branco.

— Pode ser o Chardonnay Branco. Gosto muito dessa uva. É argentino, não é?

— Sim, de Mendoza.

— Então vai ser esse. Quanto ao prato, pode ser o tambaqui assado.

— Perfeito! Uma boa escolha!

— Obrigado!

Passados alguns segundos, o garçom chegou trazendo as taças, enquanto o *maître* abria a garrafa, servindo-os em seguida.

— Obrigada — disse Cecília quando foi servida.

Brand fez o mesmo, depois pegou sua taça e brindou com a sua companheira.

Assim que o garçom retirou-se, Cecília encarou Brand e lhe perguntou:

— E então? Como vamos lidar com essa nossa história?

— Ainda não sei, minha querida. As pontas estão muito soltas. Penso tanto, mas não consigo chegar a uma explicação plausível.

— Eu também não consigo ligar os pontos. Estou totalmente confusa.

Brand pegou as mãos de Cecília, acariciou-as e disse:

— Querida, temos todo o tempo do mundo para decifrar esse enigma. Um dia qualquer o faremos!

— Assim espero!

— Mas caso não consigamos, guardaremos essa história em nossas mentes para sempre, já que propagá-la é impossível. Nada temos como provar, não é mesmo? — argumentou Brand.

— Verdade. Mas certamente vou deixar essa nossa aventura registrada. Quem sabe um dia a publicaremos como uma ficção — comentou Cecília.

— Ou então contaremos como história para nossos netos! — disse Brand com um leve sorriso.

— Gosto dessa ideia de netos, mas é uma tarefa que ainda teremos que enfrentar. A princípio ficaremos na possibilidade de uma publicação, o que é mais real no momento. — respondeu Cecília.

— Muito bom! Vamos fazer todas as anotações possíveis. Depois comparamos e fazemos um só documento — disse Brand.

— Combinado — concordou Cecília.

Depois de se deliciarem com o prato escolhido, chamaram o *maître* para o fechamento da conta, momento em que aproveitaram para elogiar os sabores ali experimentados e a receptividade do ambiente.

Na devolução do cartão, juntamente à nota quitada vieram uma lembrança do restaurante e agradecimentos à visita, convidando-os a voltarem sempre que fossem a Manaus. Agradecidos e contentes com o atendimento, despediram-se e foram ao estacionamento, onde o motorista os esperava.

Estavam satisfeitos. Haviam tomado um bom vinho e se alimentado com um prato de alta qualidade, o que os deixou sonolentos e um pouco inebriados, mas acesos no amor que os unia.

Ao entrarem no veículo, Brand solicitou que o motorista fosse para o hotel, o que não demorou muito. Eles desceram e dispensaram o motorista por aquela noite e entraram no saguão do hotel, um escorando no outro, e subiram até o apartamento.

Mas a noite para aquele casal ainda não havia terminado. Eles tiraram suas roupas, entraram no chuveiro e amaram-se com a água caindo em seus corpos mais uma vez.

Alegres por estarem vivos e saudáveis, pegaram suas toalhas, secaram-se e continuaram se beijando. Abriram mais um espumante e depois de dois goles, abraçaram-se e rolaram no leito ainda intacto e frio e entregaram-se apaixonadamente mais uma vez.

Depois de se amarem de forma desenfreada, cansados, abandonaram seus corpos e acomodaram-se nos braços de Morfeu.

Capítulo VII

PASSEIO PELO RIO NEGRO

Brand levantou-se e foi até a janela conferir o tempo, olhou para o alto e notou um céu limpo, sem nenhuma nuvem. No horizonte, o sol estava emitindo os primeiros raios, confirmando o alvorecer. Cecília já estava saindo do banho e Brand aproveitou para tomar uma bela chuveirada.

Vestiram roupas leves e desceram para o desjejum. Depois de alimentarem-se, Cecília voltou para a suíte e Brand foi ao aeroporto, onde havia marcado com os representantes da locadora para a entrega da aeronave. Quando Brand chegou, eles já estavam no hangar, em volta do aparelho, fazendo as vistorias preliminares e esperando a chegada dele para abrirem o avião em sua presença e fazer as últimas checagens.

Com a ajuda do Henrique a vistoria foi bastante rápida. Anotaram todos os serviços de revisão e ficou garantido que o aparelho estava em totais condições de voo.

Feita a vistoria de praxe e constatado que estava tudo bem, o representante da companhia voltou-se para Brand e disse:

— Sr. Brand, está tudo correto com o aparelho. Vamos assinar os documentos e fazer os acertos finais.

— Tudo bem. Pode preparar a documentação, por favor.

— Precisamos enviar os dados para o escritório central, que fará as contas e descontará o sinal dado como garantia. Se houver diferença a seu favor, faremos o depósito em sua conta. E se houver diferença contra, deverá ser feito o pagamento da fatura, conforme contrato, tudo bem?

— Perfeitamente. Se houver débito, farei de imediato.

— Não precisa. Você receberá a fatura em seu escritório. Sua ficha é muito boa e a empresa lhe quer como cliente sempre!

— Obrigado. Muito gentil de sua parte!

Nesse momento, Brand virou-se em direção a Henrique, que já estava com a nota dos serviços de revisão e do combustível, pois completara o tanque conforme solicitado e disse:

— Obrigado por tudo, Henrique. Vou fazer o cheque para esse pagamento, tudo bem?

— Claro, Sr. Brand. Seu cheque é bem-aceito. Você já é nosso conhecido e um bom cliente. Espero que volte sempre a utilizar os nossos serviços.

— Eu é que sou muito grato pela atenção! — falou Brand.

Depois de fazer a entrega da aeronave, Brand tranquilizou-se, deu um leve sorriso, despediu-se de todos e voltou ao hotel, agora livre e sem compromisso, pronto para aproveitar com a sua amada os últimos dia em Manaus.

Ao chegar, Cecília já o esperava totalmente pronta para os passeios pela cidade. Ela vestia uma bermuda jeans e uma camisa de cambraia bem fina, portando uma bolsa a tiracolo, onde havia colocado produtos essenciais para quaisquer necessidades, como filtro solar, biquíni, repelente, óculos e outros produtos de uso rotineiro.

— Oi, amor. Tudo certo?

— Tudo como planejado. Avião entregue e estamos liberados para aproveitarmos o que resta do nosso tempo. O que você sugere, querida?

— Não sei. Vamos até a recepção do hotel. Quem sabe eles têm alguma sugestão? — sugeriu Cecília.

— Claro, vamos sim. Mas vou pegar meu chapéu para enfrentar o sol, que está escaldante. Um minuto, volto já!

Na recepção, perguntaram sobre passeios e foram informados de que um guia turístico estava no saguão buscando um pessoal para um passeio de barco. Brand e Cecília resolveram procurar a pessoa indicada.

— Bom dia, senhor...

— Sebastião, seu criado. O que desejam?

— Queremos fazer um passeio. Cabe mais um casal nessa turma? — perguntou Brand.

— Que coincidência! O grupo estava fechado, mas um casal desistiu de última hora.

— Então estamos interessados. Para onde é o passeio? — indagou Cecília.

— O barco vai pelo Rio Negro até o encontro das águas.

— Como é isso? — perguntou Cecília.

— É onde o Rio Solimões, de água barrenta, corre em paralelo com o Rio Negro, de água preta, por cerca de 6 km, sem se misturarem. O visual é bem interessante e a temperatura das águas são diferentes, o que se nota pelo tato. Lá vocês podem ver o boto-cor-de--rosa e o boto cinza, depois passear pela floresta e em igarapés com canoas motorizadas, vislumbrando animais e vitórias-régias, terminando com um almoço no restaurante flutuante.

— Que legal! Vamos nesse, não é, querido? — disse Cecília para Brand.

— Vamos sim. Me parece um belo passeio.

O passeio foi além das expectativas. Nos igarapés, conheceram de perto a famosa vitória-régia, também conhecida como a rainha dos lagos, medindo cerca de 40 cm de diâmetro. Naquele momento, as flores estavam brancas, exalando um cheiro frutado. Cecília perguntou ao guia

— Essa é a cor natural dessa flor?

— Não. Essa cor e o cheiro atraem os escaravelhos, que ficam presos no interior da flor. Depois que fazem o trabalho de polinização, são liberados para repetirem o procedimento. Então elas mudam para outras cores, como rosa avermelhado, lilás, roxo ou amarelo. Pelo menos são essas cores que já vi.

— Interessante! — respondeu Cecília.

Depois do passeio, os barcos seguiram em direção ao restaurante flutuante, fazendo um trajeto de cerca de 20 minutos até o local escolhido.

Suados e desconfortáveis devido ao sol a pino e o calor excessivo, foram conduzidos até a área da proa, onde havia um chuveiro com água fresca e cristalina. Então, depois de uma bela chuveirada, dirigiram-se ao restaurante, onde degustaram vários pratos típicos.

Os passageiros, que foram se conhecendo ao longo do trajeto, procuraram uma mesa maior onde todos pudessem ficar juntos. Pela movimentação do restaurante, o garçom informou que os pedidos levariam cerca de 45 minutos para ficarem prontos.

— Por que demora tanto? — perguntou um dos turistas.

— Aqui todos os pratos são feitos após a escolha do cliente. Não trabalhamos com comida congelada depois de cozida, compreende?

— Claro. Melhor assim!

— Mas não tem problema. Enquanto isso, você pode nos servir uma cerveja bem gelada?

— Trago sim. Temos também alguns petiscos.

— Pode trazer! — disseram todos quase em uma só voz.

— E quanto ao prato principal? Querem escolher agora?

— Claro que sim — responderam em comum acordo.

— O que você sugere? — perguntou Brand.

— A caldeirada de peixe tem uma ótima saída e é muito elogiada pelos turistas.

Depois de consultar a todos, solicitaram que fossem servidas porções de caldeirada de acordo com o número de pessoas à mesa.

O garçom anotou os pedidos e retirou-se com a comanda em que anotara os pedidos.

A partir de então, deliciaram-se com uma cerveja bem gelada acompanhada de vários petiscos regionais, até que o prato principal fosse servido.

Cada petisco era melhor do que o outro, o que compensou a espera por quase uma hora para serem servidos. Ao final, Brand chamou o garçom e teceu vários elogios à comida, o que foi assentido por todos.

O passeio terminou por volta das 18h. Desembarcaram num ancoradouro próximo ao hotel, para onde foram diretamente, em busca de um merecido descanso.

Brand aproveitou esse tempo e ligou para a companhia aérea confirmando o *check-in* para o voo da tarde do dia seguinte.

Após uma breve soneca, eles levantaram-se e começaram a arrumar as malas, deixando algumas roupas para o dia seguinte. Queriam aproveitar a manhã para um último passeio e voltar ao hotel a tempo de almoçar e fazer o *check-out*, que não poderia passar das 12h, conforme norma do hotel.

A noite foi tranquila. Eles estavam alegres e felizes, momento propício para solicitarem um bom vinho e findarem a noite com um pouco mais de romance. Cecília já havia arrumado toda a bagagem e embalado as peças de artesanato dentro da caixa com um pouco mais de cuidado, para evitar que possíveis trepidações oriundas de turbulências as danificassem, o que poderia acontecer naquela época de tempo chuvoso e nuvens pesadas.

O voo foi tranquilo, fazendo escala em Recife e Brasília, chegando a Confins por volta das 23h. Brand havia telefonado para um motorista de seu escritório, que já os esperava no terminal de desembarque.

O motorista pegou as malas de Brand e Cecília e ajeitou-as no bagageiro, seguindo para o apartamento do casal.

Nesse dia, sabendo da chegada dos patrões, a ajudante deles fez uma boa faxina no apartamento e proveu a dispensa com cereais e enlatados, e a geladeira com produtos frescos para o consumo diário.

Ao chegarem foram recebidos por ela, que lhes serviu um lanche e disse:

— Se vocês quiserem, abasteci a geladeira de gelo e deixei um balde em cima da pia, caso vocês queiram tomar algo mais forte.

— Obrigado, Mariel. Aliás, eu tinha certeza de que você faria isso. Você é uma pessoa proativa.

— O que é proativo, doutor?

— É o que você fez. Já sabe nossos hábitos e toma as providências antes que peçamos, entendeu?

— Entendi, sim senhor.

— Saiba que se algum dia você nos deixar, você fará muita falta — disse Brand.

— Isso não acontecerá nunca. Estou satisfeita. Vocês me tratam com carinho e me pagam bem. Estou feliz em trabalhar aqui. — respondeu a ajudante.

— Que bom! Nós gostamos muito de você — comentou Cecília.

Na manhã do dia seguinte, Brand recebeu uma ligação de seu imediato e saiu bem cedo para seu escritório. Precisava resolver uma questão de urgência, que dependia somente dele.

Cecília aproveitou para desfazer as malas e separar as roupas para a lavanderia. Então ela viu as lembranças que tinham trazido e resolveu conferir com mais paciência as obras de artesanato. Notou que eram obras de primeira qualidade e não muito comuns de acordo com o seu conhecimento desse tipo de arte.

Examinou peça por peça e encontrou um registro bem pequeno na parte inferior de cada peça. Tratavam-se de um desenho bem minúsculo, como os vistos no templo visitado na viagem, até então não observados — uma linha vertical representando uma corda, com quatro riscos horizontais.

Acima do primeiro risco, o formato de um nó, acima do segundo risco nove nós, acima do terceiro risco um nó e abaixo do terceiro um nó, o que significava a data de 1911, o que a intrigou bastante.

Brand ia demorar um pouco, pois depois do escritório precisava resolver assuntos bancários. Inquieta, Cecília começou a andar ao redor dos móveis, pensativa e aflita, esperando por Brand.

O sol já se aproximava da linha do horizonte quando Brand entrou, já tirando a sua gravata e o paletó. O dia estava bastante quente e ele estava a fim de livrar-se de suas roupas, colocar uma bermuda e relaxar.

Afoita, Cecília foi a seu encontro com uma das peças nas mãos e mostrou a Brand, o que o fez parar e sentar-se na primeira cadeira à sua frente.

— Não é possível, Cecília. Essa marca está certa?

— Eu acredito que sim!

— Será? — perguntou Brand um pouco confuso.

Então eles foram verificar todas as peças e entenderam que estavam com algo estranho, que merecia atenção especial. Entretanto isso fugia de seus conhecimentos em arte.

Brand lembrou-se de um cliente que o procurou certa vez para trabalhar na documentação de uma casa que ele estava adquirindo e apresentou-se como *connoisseur dell art*. Sem conhecer o termo, Cecília perguntou o que significava, ao que ele respondeu:

— É do francês e traduzindo para o português *é* conhecedor de artes.

Então ele pensou um pouco e comentou, quase de forma inaudível:

— Que bom... Assim fica mais fácil...

— O que você disse, querido? — perguntou Cecília, que estava perto dele.

Brand explicou sobre o cliente, do que ele havia se lembrado e falou:

— Essa pessoa talvez possa nos ajudar, entende?

— Ah, sim... Agora entendi. Mas o que vem a ser conhecedor de artes?

— O caso foi bastante complicado e tivemos que fazer pesquisas em cartório para elucidar o assunto. Ao final, eu perguntei a ele: "E essa sua profissão? O que realmente significa?". E ele respondeu: "Dou parecer sobre a validade das obras de arte, presto serviços para museus, colecionadores e outros interessados — concluiu Brand.

— Você tem o endereço dele? — indagou Cecília.

— Tenho sim. Amanhã vou ao escritório pela manhã e ligarei para ele.

Então, na tentativa de amenizar seus pensamentos, eles abriram um *Cabernet* argentino e brindaram ao desejo de sossego em seus corações. Tinham encontrado um caminho para elucidar suas dúvidas. Mas ainda não se sentiam satisfeitos. Aproveitando o momento de relaxamento, pegaram os copos e a garrafa e foram para o quarto para mais uma noite de muito amor e prazer. Afinal, depois de tantas dúvidas, aflições e incertezas, era hora de deixar aflorar os instintos mais primitivos que surgem do amor entre duas pessoas e, *ipso facto*, abrandar seus corações e enlevar seus corpos.

Na manhã seguinte, Brand telefonou para o antigo cliente.

— Alô. Deseja falar com quem? — perguntou a voz do outro lado da ligação.

— Gostaria de falar com o Sr. Jerônimo?

— É ele mesmo. O que deseja?

— Aqui quem fala é Brand. O senhor se lembra de mim?

— Ah, sim... Dr. Brand. Como vai o senhor? Em que posso lhe servir?

— Seria possível nos encontrarmos ainda hoje?

— Claro. Pode ser em seu escritório?

— Ótimo! Assim fica mais fácil. Tenho algo a lhe mostrar e se for possível, ter a sua apreciação. Trata-se de uma peça que acho que é algo importante.

— Claro, doutor. Ando atrás de peças raras e elas aparecem onde menos se espera.

— Tomara que sejam raras mesmo! — disse Brand.

— A que horas deverei comparecer?

— Você tem tempo nesta manhã, por volta de 10h30, mais ou menos?

— Sim. Estarei a essa hora em seu escritório. É no mesmo lugar?

— O endereço é o mesmo. Você ainda tem o meu cartão?

— Tenho sim. Pode me esperar! Até daqui a pouco então!

Após o telefonema, Brand ligou para Cecília e solicitou que ela colocasse as peças dentro de uma sacola e as levasse até o seu escritório o mais rápido possível.

— Você marcou com o perito?

— Marquei sim. Ele estará aqui às 10h30.

— A essa hora já estarei aí com as peças.

Jerônimo chegou primeiro que Cecília e Brand explicou a ele que as peças já estavam a caminho e aproveitou para solicitar que a copeira servisse água e café. Depois de alguns minutos, a copeira chegou com uma bandeja contendo o que foi solicitado, uma vasilha de biscoitos e quatro xícaras. Acostumada com o movimento do escritório, ela era proativa e sempre esperava que mais alguém entrasse na sala.

Ponto para a copeira, pois em mais alguns minutos chegou Cecília, segurando o pacote contendo as peças.

— Oba! Chegou! Esta é a Cecília, minha esposa. Cecília, este é Jerônimo, de quem lhe falei.

Jerônimo levantou-se, apertou a mão de Cecília e disse:

— Encantado!

Depois de todos acomodados em suas cadeiras, Brand fez um resumo do que lhes havia acontecido, claro, omitindo as partes que poderiam ser incompreendidas por qualquer um, afinal, até ele mesmo duvidava do que lhes havia acontecido. Ele disse que as obras eram presentes de um cidadão que conheceram na viagem chamado Francisco.

SEGREDOS DA FLORESTA

Depois de um breve relato, Brand pegou o embrulho e começou a abrir diante dos olhos do especialista. Ele pegou uma das peças e mostrou o fundo para o conhecedor.

Jerônimo pegou a peça, levou mais perto de seus olhos, tirou do bolso uma lupa, examinou-a com bastante cuidado e disse:

— Não tenho dúvidas, trata-se de um trabalho que não existe mais. A data no fundo combina com o estado da madeira. Realmente, é uma peça muito rara, uma relíquia dos Incas do século dezenove.

— Mas no século dezenove eles já estavam extintos. Como pode? — perguntou Cecília.

— Isso realmente é instigante, mas não desvaloriza a arte, que carrega as digitais daquele povo — respondeu Jerônimo.

Ao ouvir isso, o casal ficou ainda mais incomodado com a situação. Para eles, aquilo era surreal.

Ainda boquiaberto, Brand colocou todas as peças na mesa, que foram examinadas minuciosamente pelo perito de artes.

— Dr. Brand, tenho quase absoluta certeza de que essas peças são valiosas, tanto do ponto de vista da idade quanto da qualidade e da origem das peças. São peças que merecem estar em um museu. A humanidade precisa partilhar essas maravilhas.

— Pois então, é isso que devemos fazer. Como perito em artes, o que nos aconselha?

— Existe uma coleção pré-colombiana no Museu Nacional do Rio de Janeiro, com peças Incas. Se você quiser, posso fazer os primeiros contatos para você.

— Acho melhor. Não tenho como comprovar essa posse, a não ser um bilhete do Francisco, por isso acho melhor fazer uma doação. Concorda, Cecília?

— Claro que concordo. O que você decidir será feito.

— Pois então, Jerônimo, pode dar início aos preparativos.

— Pois muito bem. Em breve terá resposta — falou Jerônimo.

— Quanto ao seu trabalho, quanto lhe devo?

— Meu caro Brand, sou funcionário *freelancer* do museu. Ganho para esse tipo de captação. Ao contrário, vou ver se o museu lhes oferece uma recompensa. Eles têm verba para isso.

— Como quiser. Só quero evitar qualquer dissabor — comentou Brand.

—Vocês podem deixar as peças comigo para que eu as leve ao museu para uma análise mais profunda? Não se preocupem, fazemos um documento oficial a título de recibo por portar uma propriedade de vocês. Ah! Aqui estão minhas credenciais do museu que represento — disse Jerônimo, apresentando um documento com o timbre do Museu Nacional.

— Podemos redigir o documento agora mesmo — falou Brand.

Depois do documento preparado, Brand e Cecília assinaram como proprietários das obras e Jerônimo como representante do museu.

Com as peças em mãos, o especialista disse:

— Não se assustem, meu caros. Vocês não são os primeiros a aparecerem com esse tipo de artesanato. Já vi isso outras vezes.

Brand olhou para Cecília, olhos arregalados, e disseram quase em coro:

— É mesmo?!

A partir de então o casal ficou ainda mais assustado, pois o enigma aumentava a cada passo que davam.

— Como isso é possível? — disse Brand praticamente a si mesmo.

— O que você disse, querido? — indagou Cecília.

— Eu não consigo entender o que aconteceu conosco!

— Se você não entendeu, imagina eu!

— Sabe, Cecília, às vezes fico me indagando: será que estávamos sonhando antes ou estamos sonhando agora? Seriam eles realmente descendentes dos Incas?

— Eu também estive pensando em várias possibilidades. A princípio pensei estarmos sonhando, mas duas pessoas com o mesmo sonho, no meu entender, torna-se realidade. Daí fico pensando se não fomos abduzidos por uma força maior enquanto dormíamos, ou, quiçá, estivemos viajando por um passado muito distante, mas essa última alternativa não condiz com o estado avançado de conversa que tivemos com o Francisco. Então continuo perdida em meus pensamentos, sem enxergar uma lógica para isso.

— É exatamente isso que me faz ter dúvidas de tudo. Só resta uma alternativa... Será que viajamos no tempo? Sim, porque vimos o artesão que fez as peças e elas são uma antiguidade devidamente comprovada. Mas como sabemos que essa possibilidade é impossível, volto meus pensamentos para a estaca zero — comentou Brand.

— Então ficamos sem uma explicação condizente com qualquer possibilidade de realidade! — concluiu Cecília.

— Tem razão, minha querida. Bem, vamos dar um descanso às nossas mentes. Estou cansado de pensar sobre esse assunto. Vamos deixar isso nas mãos do Jerônimo. Talvez tenhamos uma explicação melhor!

— Concordo plenamente — respondeu Cecília.

Capítulo VIII

VISITA AO MUSEU

Passados trinta dias da reunião com Jerônimo, o casal já estava mais concentrado em suas tarefas de rotina e deixado os assuntos da viagem em plano secundário.

Brand estava absorto em um assunto de grande relevância em seu escritório quando a secretária alertou-o de uma ligação do Sr. Jerônimo, que foi atendido de imediato, afinal era uma ligação esperada para qualquer momento:

— Alô, Jerônimo. Tudo bem? Alguma notícia?

— Tenho sim, mas precisamos nos encontrar para melhor conversarmos.

— Um momento, por favor.

Depois de consultar a sua agenda, Brand marcou para o dia seguinte, na parte da tarde. Ele queria que Cecília também estivesse presente.

Dessa vez Cecília chegou mais cedo. Estava ansiosa por notícias e já estava na sala de Brand de olho no relógio e impaciente por esperar. O relógio da parede batia o primeiro som das 17h quando Jerônimo chegou totalmente animado e sorridente, dizendo as seguintes palavras:

— Boa tarde a todos. Tenho boas notícias para vocês!

— Que bom! Venha, amigo. Sente-se, por favor — disse Brand ao mesmo tempo em que puxava uma cadeira para o visitante.

O especialista agradeceu e cumprimentou Cecília beijando suas mãos, depois se direcionou a Brand, estendeu sua mão em cumprimento, seguido de um abraço com direito a tapinha nas costas — já se consideravam amigos.

Ao se acomodarem, Brand solicitou à copeira que lhes servisse um cafezinho, o que logo foi atendido. Brand agradeceu à copeira e pediu que ela fechasse a porta ao sair.

Jerônimo pegou sua xícara das mãos de Brand, deu o primeiro gole e disse:

— Que cafezinho gostoso, hein!

Cecília também aprovou. Brand apenas deu um sorriso e agradeceu a ambos pelo elogio.

— Mas afinal, que notícias boas são essas? — perguntou Brand.

Cecília, também interessada, falou:

— São boas mesmo?

— Olha, meus amigos, os técnicos do museu fizeram todas as análises possíveis, confrontaram com outras obras catalogadas e expostas em museus, bem como as obras catalogadas e desaparecidas.

— Sim, e daí? — indagou Brand.

— Daí que chegaram a uma única conclusão.

— Que conclusão, homem de Deus?! Assim você nos deixa aflitos! — exclamou Cecília.

— A conclusão é que são obras inéditas.

— E o que isso significa? — perguntou Brand, já um pouco desconfiado.

— Calma, gente. Eu não disse que tinha boas notícias?

— Jerônimo, por favor, conclua para nós — falou Brand.

—As obras são inéditas, o que significa que vocês são os donos dessas obras. E o museu mostrou interesse em adquiri-las. Sinceramente, a minha experiência me diz que é mais viável as obras ficarem expostas no museu do que enfeitando uma prateleira em sua casa, concordam comigo? — disse Jerônimo.

— Sim. Mas como faremos para repassar essas obras ao museu? — perguntou Brand.

— Essa é a melhor parte da notícia que trago. O museu lhe oferece dez mil dólares por toda coleção. Se vocês aceitarem, podemos fechar o contrato agora mesmo.

— Tudo bem. Eu e Cecília já havíamos discutido isso e concordamos em repassá-las ao museu. Realmente, lá elas farão melhor efeito.

Após todos assinarem o contrato de transferência das peças ao acervo do museu, o Sr. Jerônimo passou o cheque às mãos de Brand, que lhe devolveu um recibo da quantia recebida.

Antes de sair da sala, o Sr. Jerônimo olhou para os dois e disse:

— Ah... Só mais uma coisinha... Nesses casos, é de praxe o museu fazer um ritual para introduzir as peças. Normalmente o ritual é feito diante das pessoas que contribuíram para o acervo do museu. Mas não se preocupem, em breve receberão os convites. — Deu meia-volta e retirou-se do recinto, deixando o casal ainda boquiaberto.

A partir de então, eles retornaram às atividades do cotidiano. O semestre letivo havia iniciado e Cecília assumiu sua cadeira na faculdade na parte da manhã e na outra faculdade na parte noturna. Brand assumiu a administração de seu escritório e suas aulas noturnas na faculdade.

Os dias foram passando e com tantos afazeres eles não falaram mais sobre as férias. O assunto era passado e o ritmo dos dois não lhes deixava tempo para pensarem em outras coisas, senão suas atividades diárias. Tudo já estava se ajustando, conforme sempre foi.

Num dia estafante, Brand chegou ao seu prédio por volta das 17h. Ao avistá-lo, o porteiro esperou-o com duas correspondências. Ao olhar, viu o timbre do museu ao qual havia cedido as peças. Subiu apressadamente até seu apartamento e entregou o envelope endereçado a Cecília e juntos abriram-no, retirando os convites para o ritual que Jerônimo havia falado.

A data estava marcada para dali a quinze dias, no salão oficial do Museu Nacional do Rio de Janeiro. O evento aconteceria em um sábado, o que beneficiou a todos os convidados, que não precisariam faltar aos seus compromissos diários.

— Que ótimo! Vamos nos preparar para fazermos uns passeios pelo Rio de Janeiro — disse Cecília.

— Como queira, minha querida.

Na manhã seguinte, no instante em que se sentou em sua cadeira, pegou o interfone e solicitou a presença de sua secretária, que veio imediatamente:

— O senhor precisa de algo?

— Sim. Por favor, sente-se.

Brand pegou os dois convites e repassou-os à secretária e disse:

— Por favor, agende esse evento e providencie as passagens para sexta-feira à tarde, com retorno na segunda-feira pela manhã. E faça também a reserva do hotel de sempre.

— Quer que também providencie um veículo?

— Por favor, pode providenciar também.

Passados cerca de 30 minutos, a secretária já estava com a documentação para a viagem em mãos. Entregou-a a Brand e perguntou:

— Mais alguma coisa, doutor?

— Não, obrigado. Está tudo certo. Obrigado pela presteza de seus serviços.

— É a minha função, senhor!

— O que você faz com esmero e eficácia.

— Obrigada! — respondeu a secretária, que saiu demonstrando um leve sorriso de satisfação pelo dever cumprido.

Durante a semana o casal continuou suas rotinas do cotidiano: ele trabalhando em seu escritório e lecionando na faculdade à noite; ela na faculdade pela manhã, orientações dos assuntos domésticos à tarde e aulas na faculdade à noite.

Coincidentemente, naquele semestre eles ficaram com a sexta-feira livre nas aulas noturnas, o que facilitou a viagem marcada para a tarde.

Cecília ministrou sua aula no primeiro horário e voltou imediatamente para arrumar o que faltava em sua bagagem.

A secretária de Brand, eficaz como sempre, desmarcou todos os compromissos de Brand para a sexta-feira, e os inadiáveis repassou ao imediato de Brand, que se responsabilizou por eles, depois de farta orientação de seu superior.

Na sexta-feira, dia da viagem, após almoçarem, iniciaram os preparativos. No horário previsto, desceram pelo elevador com a bagagem até a portaria, onde o motorista já os esperava, indo ao encontro para ajudar com as malas, colocando-as no porta-malas. Eles estavam levando o mínimo possível de roupas, dando preferência para as mais leves, exceto os trajes que usariam na reunião do museu.

Chegaram ao Aeroporto Internacional do Rio de Janeiro — Galeão, com o sol ainda escaldante, a viagem foi tranquila e como levaram somente bagagens de mão, não demoraram a chegar ao saguão, onde um senhor que portava uma placa com o nome de Brand os esperava. Era o motorista contratado para dar assistência ao casal durante a estadia na Cidade Maravilhosa.

— Boa tarde, Sr. Brand. Fizeram boa viagem?

— Ótima, mas aqui está muito quente, hein!

— Quase 40 graus, doutor. Mas fique tranquilo, o ar-condicionado do carro é muito bom.

— Ainda bem. Realmente, esse calor está insuportável — disse Cecília.

— Calma, minha querida. Depois do encontro vamos aproveitar as praias, tomar um banho de mar, vai ser legal! — falou Brand.

— Não vejo a hora! — comentou Cecília.

A secretária havia reservado a suíte do Hotel Nacional, próximo à praia de São Conrado. Cecília solicitou que o motorista fizesse a rota pela orla, passando pelo Centro, aterro do flamengo, Copacabana, Ipanema e Leblon.

Por volta das 18h estavam fazendo o *check-in*, que foi rápido, pois o nome do casal já constava nos registros do hotel. Alguns minutos depois, o atendente levou-os até a suíte reservada.

Brand, assim que entrou, foi até o frigobar e pegou uma lata de cerveja para apaziguar o calor que estava sentindo. Cecília foi direto ao ar-condicionado e o regulou para uma temperatura mais apropriada para o momento.

Passados alguns minutos, o garçom chamou pela campainha e disse:

— Serviço de quarto!

Brand abriu a porta e lá estava ele com uma bandeja nas mãos, com um balde com gelo e uma garrafa de espumante, e disse:

— Cortesia da casa!

Brand solicitou que o garçom colocasse sobre a mesinha mais próxima e agradeceu a gentileza.

— Não há de quê! — falou o garçom e completou: — Uma boa estadia para o casal!

— Obrigada! — agradeceu Cecília.

Então, com o sol se pondo, resolveram permanecer ali mesmo, apreciar o espumante, que estava convidativo, e depois descer até o restaurante do hotel para uma leve refeição.

E assim fizeram naquela noite, porém procuraram se alimentar de forma controlada, posto que o amor entre eles estava borbulhando naquele momento; o casal era impulsivo nas questões de desejo. Sentiam uma misto de alegria, contentamento e prazer em estar sempre juntos e prontos um para o outro.

Assim, depois de se amarem fervorosamente, relaxaram seus corpos cansados, suados e descontraídos, entregando-se ao sono profundo.

Chegou o dia da reunião no salão de festas do Museu Nacional, que estava marcada para o fim da tarde.

O casal aproveitou aquela manhã para um passeio pela praia, onde tomaram alguns caldos das ondas marítimas e ficaram um pouco vermelhos devido aos raios solares, e voltaram ao hotel por volta das 11h.

O estado em que estavam pedia uma chuveirada relaxante e alguns cremes para aliviar o ardume do corpo, o que fizeram com profusão, antes de descerem para o restaurante do hotel, onde pretendiam almoçar.

Por volta das 16h, solicitaram que o motorista os levasse até o Museu Nacional. O local reservado para a reunião era amplo, com uma mesa no centro, que fora enfeitada com farta variedade de doces e salgados, além de uma máquina de preparar café puro e *capuccino*.

Assim que os convidados iam chegando, os garçons lhes serviam com a bebida de sua preferência: água, refrigerantes, sucos, cervejas e vinhos. A gerência do museu achou por bem não servir bebidas destiladas, devido ao teor alcoólico elevado.

Brand e Cecília preferiram uma taça de espumante de uma vinícola do sul do Brasil. Pegaram suas taças, viraram para procurar um lugar mais sosse-gado para conversarem, quando deram de frente com Mariana, também do corpo docente da faculdade onde Brand lecionava. Com um breve sorriso de surpresa, ela cumprimentou-os:

— Boa noite, meus amigos. Que surpresa!

— Também estou surpresa — disse Cecília.

— Eu da mesma forma — emendou Brand.

— Bom, se vocês estão aqui é porque tem um motivo admirável, acertei?

— Na mosca, minha querida colega! — res-pondeu Brand.

— Como você adivinhou? — perguntou Cecília.

— Não... Eu não adivinhei nada. Apenas pres-supus — comentou Mariana.

— Você pressupôs o quê? — indagou Brand.

— Acho melhor nos conversarmos após esta reunião. Acredito que vai ser uma longa conversa — falou Mariana.

Ao ouvir essas palavras, Brand olhou nos olhos de Cecília e concordaram em dar uma trégua na con-versa. Ele voltou seu olhar para Mariana e disse:

— Tudo bem, Mariana. Depois dessa reunião vamos nos encontrar e conversar.

Passados alguns minutos, o responsável pelo museu solicitou que todos se sentassem para ouvir algumas palavras que ele tinha a dizer. De imediato, todos se acomodaram e ficaram em silêncio para ouvi-lo.

O museólogo então pegou uma lista que estava em seu bolso e ditou todos os nomes que lá estavam. Entre os nomes estavam o de Brand, Cecília e Mariana. Em seguida, guardou a lista em seu bolso e iniciou sua fala.

— Boa noite a todos... Bem-vindos a este museu, principalmente neste evento especial. Toda vez que nos deparamos com um fato novo e de difícil explicação fazemos questão de reunir todos vocês para compartilhar mais um brilho em nossa coleção. Alguns já vieram várias vezes neste ritual, outros estão nos visitando pela primeira vez. Estamos felizes que essa lista esteja aumentando, o que significa que a cada reunião novas peças foram incorporadas a este museu. Ainda não encontramos uma exata explicação de como elas vêm aparecendo, mas o fato é que as recebemos com muito carinho e agradecimento a todos que conosco vêm contribuindo. Convido a todos a passarem pela ala que contém o acervo de peças antigas para conhecerem as novas peças que vieram pelas mãos de nossos agora membros Brand e Cecília. Agradeço a todos que nos brindaram com suas presenças e os convido a se confraternizarem e aproveitarem a beleza das peças que foram incorporadas na ala dos Incas. Fiquem à vontade.

Ao terminar sua fala, os presentes aplaudiram e seguiram para conhecer as novas peças. Brand e Cecília ficaram boquiabertos, apesar de já terem entendido que eles não foram os únicos a passarem por experiência tão especial.

Ao chegarem no local onde seriam inseridas as peças, uma secretária do museu entrou segurando uma almofada com elas depositadas em cima e entregou-as a Brand e Cecília para que fizessem as honras, colocando-as no local preparado, o que fizeram com muita alegria e sob aplausos dos presentes.

Após esse ritual, a secretária providenciou o fechamento do recinto de vidro especial à prova de imprevistos. Voltou-se para Brand e Cecília e entregou a eles as carteirinhas de visitantes especiais do museu.

Depois de admirar todas as peças expostas, Mariana procurou Brand e Cecília e disse que havia combinado com mais dois colegas de irem a um *happy hour* num restaurante nas proximidades, especialista em comida alemã, e que já havia feito as reservas para cinco pessoas. Em seguida, deu sinal para que os dois se aproximassem e os apresentou:

— Brand e Cecília, esses são meus amigos Cleber e Maurício.

Brand e Cecília receberam os dois com a gentileza de sempre:

— Honrado em conhecê-los — disse Brand, apertando as mãos dos amigos de Mariana.

— Também me sinto honrada! — falou Cecília, dando os cumprimentos de rotina, aproximando seu rosto nas faces dos apresentados.

Brand, em comum acordo com Cecília, concordou em participar daquele momento. Era uma oportunidade de conhecer com cada experiência que tiveram e fazer novas amizades.

Capítulo IX

EPÍLOGO

O trajeto até o restaurante era curto e resolveram dispensar os veículos. Uma caminhada, segundo desejo de todos, era um bom motivo para aliviar as tensões e arejar suas mentes. Havia muito assunto para aquele encontro.

O local era bastante aconchegante. Eles solicitaram uma mesa discreta, onde pudessem conversar à vontade, sem incomodar outros clientes, até porque o assunto era bastante instigante, mas de difícil compreensão.

O garçom levou-os a uma mesa em uma pérgula bem arejada, cercada de trepadeiras, exatamente como queriam. O clima estava abafado e os termômetros mediam cerca de 30 graus naquele momento. O ambiente escolhido ficou de bom proveito; uma brisa soprava o frescor das plantas, fazendo daquele local um ambiente agradável.

Passados alguns minutos, o garçom trouxe o cardápio e a carta de vinhos, mas eles preferiram abrir a conversa com uma rodada de chope, já que estavam em um ambiente propício. De forma quase imediata, o garçom trouxe uma chopeira portátil e taças em formato de tulipas, fazendo um arranjo sobre à mesa, tudo disposto de forma a facilitar a cada um se servir à vontade. Antes de se retirar, o garçom perguntou:

— O que vão querer para beliscar?

Brand, que já havia lido o cardápio, indagou ao garçom:

— Esse salsichão vem acompanhado de quê?

— Nosso salsichão é feito com carne de vitelo e bacon e é servido com chucrutes e mostarda. Se preferirem, pode vir com saladas de batata com maionese. Essas duas formas têm bastante saída. Temos também o *kassler* — bisteca de porco —, servido com chucrutes e salada de batata ou batata cozida na manteiga.

— Eu acho boa pedida para começar. Pode ser um de cada. O que os amigos acham? — perguntou Brand.

Todos apoiaram a pedida inicial e solicitaram que o garçom tomasse as providências. Mas antes de o garçom se virar, Brand pediu que ele lhe trouxesse uma dose de Steinhaeger[6] para abrir o apetite, no que foi acompanhado por todos, afinal estavam ali para novas experiências.

Depois de experimentarem o destilado, tomaram um bom gole do chope, que estava geladíssimo, e iniciaram a conversa sobre o assunto que os levou até ali.

Brand deu mais um gole e disse:

— Mariana, foi uma grande surpresa encontrar você aqui. Afinal, o que a trouxe para o encontro no museu.

— Meu amigo e colega, lembra da nossa última conversa antes de vocês viajarem?

— Sim... Mas o que tem a ver com tudo isso?

— Meu caro, lembro perfeitamente de tudo que eu lhe disse. Naquele dia, eu disse que você, embora culto, ainda era muito jovem e que ainda teria muitas surpresas na vida. Lembra-se disso?

— Sim, mas não me lembro em qual contexto falamos desse assunto.

— É que você se demonstrava muita praticidade em tudo e não acreditava em novas possibilidades. Seu ceticismo aflorava em seus olhos.

---

[6] Destilado alcoólico de cereais e zimbro produzido na Alemanha.

— Ah, sim... Me lembro bem. Mas já não penso mais daquela forma. Você estava certa.

— Vocês poderiam me situar nesse assunto, por favor? — interferiu Cecília.

— É que nós, eu e você, minha querida, não acreditávamos no desconhecido. Éramos tipo o São Tomé da Bíblia, entende?

— Sim, mas depois do que passamos as coisas mudaram — disse Cecília.

— Mas me diga, Mariana... Que tipo de experiência você teve para ter tanta certeza do que me disse? — indagou Brand.

— A minha experiência... Desculpe-me... Minha não, nossa. Estávamos eu e meus dois amigos aqui — Cleber e Maurício —, visitando a região de Nazca, e depois de conhecer vários locais resolvemos fazer um *tour* em um balão para visualizar melhor os geoglifos de Nazca, pois a visão por cima nos dá a exata dimensão e beleza dos traços.

— Sim. E depois? — perguntou Brand, praticamente cortando a fala de Mariana.

— Calma, vou chegar no ponto certo. Bem, como eu dizia, já de volta e bastante cansados, resolvemos parar em uma pousada, que estava lotada. Com muito esforço e diálogo, conseguimos convencer o gerente a nos arrumar um quarto triplo, onde fomos imediatamente descansar.

— Continue... — disse Cecília.

— Pois bem... Quando acordamos ficamos emocionados com o que vimos. Parecia um sonho, mas essa hipótese era impossível, pois os três viveram a mesma experiência — falou Mariana.

— Por favor, continue... — pediu novamente Cecília.

Atendendo a esse pedido, os três amigos juntaram-se e detalharam tudo o que lhes havia acontecido, o que durou cerca de trinta minutos, sem interferência de ninguém, somente os três narradores com a palavra. Então, para finalizar, Mariana arrematou da seguinte forma:

— A partir daquele momento ficamos sem entender nada do que havia acontecido, e mais embaralhados ainda quando chegou até nossas mãos os produtos que vimos em sonho... ou realidade... sabe-se lá. O fato é que eram artesanatos de ótima qualidade e desconhecido para o momento atual. Diante disso, resolvemos repassar essas relíquias para o museu. Essa é a nossa história — concluiu Mariana.

— E vocês nunca contaram isso para ninguém? — perguntou Cecília.

— Claro que não. Isso seria considerado coisa de louco. Certamente nos internariam em um asilo ou qualquer coisa parecida! — respondeu Maurício com anuência de Cleber.

— Bem, a nossa história também passa por esse mistério e não sabíamos o que fazer até agora. Vocês serão os primeiros a conhecerem a nossa história em detalhes — comentou Brand.

— Pois então, esta é a hora de desabafar! Aqui somos todos compartes — falou Mariana.

Então Brand, com a anuência de Cecília, que o ajudou a descrever os detalhes, levou cerca de quarenta minutos para narrar toda a história que viveram, desde o início, quando chegaram a Manaus.

Falaram sobre o pouso forçado no meio da selva amazônica, sobre como foram conduzidos, o que conversaram, e que depois de tudo acordaram no hotel e o avião estava no hangar completamente intacto. Os amigos ouviram com atenção e perceberam que todos eles estiveram no mesmo ambiente, porém em datas diferentes, o que abriu mais um espaço para discussões.

Enquanto isso, foram tomando chope a ponto de perderem a contagem — durante todo esse tempo o garçom foi abastecendo a chopeira, com a anuência de todos. A conversa estava muito proveitosa e todos tinham interesse em discutir e tentar chegar a algum entendimento, se isso fosse possível. Mariana procurou tranquilizar a todos, pois conhecia o restaurante e sabia que eram de confiança e não cobrariam nada mais do que fosse servido.

Depois de mais um gole, Mariana falou:

— Já analisamos de todos os ângulos e não encontramos nada que possa nos afirmar que viajamos ou não para um tempo distante.

— Até onde vocês chegaram? — perguntou Brand.

— Olha, meu amigo... As teorias da física não excluem a possibilidade da viagem no tempo, entretanto, possível não significa executável.

— Você estudou física para entender isso? — indagou Cecília.

— Claro que sim. A física analisa o termo como uma quarta dimensão: altura, largura, profundidade e tempo. Mas diante de todas as implicações de cunhos irreversíveis e catastróficos que possam desencadear de forma desenfreada, entende-se que uma viagem temporal é algo extremamente improvável — respondeu Mariana.

Brand deu mais um gole em seu chope e disse:

— Eu também estive curioso para saber sobre essas possibilidades. Li sobre a possibilidade de um mundo paralelo, que pode existir ou não.

— Não entendi nada! — falou Cecília.

— Não se acanhe com isso, minha querida. É difícil mesmo de entender — disse Brand e continuou: — Vamos raciocinar juntos... Se considerarmos uma eternidade, verificamos que o presente existe, sempre existiu e existirá *ad aeternum*. Então ali está o presente, o passado e o futuro.

— Explique melhor, querido! — pediu Cecília.

— Vou tentar ser mais claro. Imaginem uma linha de tempo que marca o passado e o presente.

— Sim, e daí? — indagou Cecília.

— Se colocarmos um marco em determinado ponto dessa linha e chamarmos esse marco de presente, esse presente ficará entre o passado e o futuro, correto? — explanou Brand.

— Meio louco isso, não? — comentou Cecília.

— Louco mesmo... Tanto que a insegurança que habita a mente humana nesse aspecto, somada à falta de entendimento para a execução de planos tão ousados, deixa somente a certeza de que poderá, pelo menos em pensamento, haver a possibilidade de acontecer — concluiu Brand.

— Você agora está sonhando demais! — disse Mariana.

Ao ouvir essa afirmação, Brand pegou seu copo de chope, deu uma bela talagada, limpou seus lábios e pediu que lhe dessem alguns minutos para expor seus pensamentos, o que foi acolhido por todos.

Então Brand iniciou sua explanação:

— Pode ser que eu esteja sonhando, mas vejamos: considerando que há cem anos as pessoas sequer cogitavam um mundo com comunicações simultâneas de voz entre pessoas a pequenas distâncias, ou intermunicipais, interestaduais e internacionais; que imagens animadas e coloridas pudessem ser transmitidas de qualquer ponto do planeta e que as comunicações entre as pessoas distantes eram feitas, até então, pelos correios, mediante cartas, telegramas e jornais; e que somente a partir de meados do século XX iniciou-se a evolução tecnológica com a instalação dos serviços de rádio, seguido pelo telex e, posteriormente, os computadores e microcomputadores, até chegar aos celulares...

Brand deu uma pausa, tomou um bom gole de chope e continuou:

— Pois bem... A partir desse marco, a evolução foi tão galopante que muitos ainda hoje não conseguem acompanhar essa evolução toda e o analfabetismo tecnológico, ou exclusão digital, é real para uma grande parte da humanidade. — E arrematou: — Com esse raciocínio podemos concluir que da mesma forma, o que é considerado hoje impossível ou inimaginável, num futuro não muito distante poderá ser possível, imaginável e realizável.

Depois de ouvir as explanações de Brand com atenção, Mariana completou:

— É... Pensando bem, há inúmeras possibilidades de inovações tecnológicas. Basta falar que os campos da ciência, presciência e bioastronomia estão em constante aceleração o que, com certeza, avançarão e nos darão uma resposta.

Cleber, que estava ouvindo as explicações, raspou a garganta, chamando a atenção para si, e disse:

— Mas há um estudo científico sobre o buraco de minhoca, uma curta passagem no espaço-tempo, que conecta dois universos, ou duas regiões distantes, dentro do mesmo universo.

— Verdade. Já li sobre isso — disse Maurício.

— Esse assunto é bastante explorado. De acordo com a Teoria da Relatividade Geral de Albert Einstein, o espaço-tempo é curvo e o fluxo do tempo não é constante, podendo acelerar e desacelerar. Então o buraco de minhoca seria como um túnel formado por grandes distorções no espaço-tempo, capaz de nos levar para outros pontos do espaço e até mesmo navegar no tempo — completou Cleber.

— Seria isso possível? — perguntou Cecília.

— É apenas uma teoria. Por enquanto o que se sabe é que esse buraco é tão microscopicamente minúsculo, impossível até para a passagem de uma bactéria, que dirá um humano — respondeu Cleber.

— Puxa vida! Estava ficando animada, achando que estávamos desvendando o mistério, mas pelo que vejo, para qualquer lado que caminhamos voltamos ao ponto zero. — comentou Cecília.

— Existem pesquisas que dizem que os *loops* temporais podem existir, segundo entendimentos da física clássica, mas como ficaria a posição do universo no caso de um retrocesso no tempo e de uma manipulação de acontecimentos passados? Será que ele se autocorrigiria? Essa é outra questão não respondida — falou Cleber.

A partir desse momento, o assunto foi se dissipando e eles foram se silenciando, sem mais argumentos, ficando todos na mesma posição sobre o assunto tal qual no início. Então decidiram dar por encerrado o assunto e solicitar o prato principal.

Depois de esgotados os assuntos e terem degustado um delicioso prato alemão conhecido como *Eisbein*, servido com batatas e chucrutes, eles despediram-se e foram em direção aos seus veículos. Mas as dúvidas continuaram a corroer as mentes daquele casal e Brand falou, quase de modo inaudível:

— Puxa vida. Que enigma!

Cecília, com os ouvidos atentos, respondeu:

— E põe enigma nisso, meu querido!

Então o casal silenciou-se e rumou para o hotel, pois eles precisavam descansar e arrumar as malas. O voo de regresso estava marcado para a manhã seguinte, por volta das 10h.

A intenção era descansar e colocar essa história de lado, falar sobre outros assuntos, mas as dúvidas continuavam em seus pensamentos, provocando uma lista de opções que pareciam cravadas em suas mentes: teriam eles visitado um universo paralelo? Seria aquela comunidade realmente formada por descendentes dos Incas? Será que aquelas pessoas conseguiram a proeza de viajar no tempo? Ou, quiçá, teriam eles sido abduzidos por seres de outras épocas?

Essas interrogações irão permanecer em suas mentes *ad aeternum*.

Como diria Willian Shakespeare: "Há mais mistérios entre o *céu* e a terra do que a vã filosofia dos homens possa imaginar".

Resta-nos esperar pelas respostas do tempo que, pelo rápido e evidente progresso tecnológico, com certeza algum dia trará as reais explicações para o desfecho dessa história...

Mas por enquanto...

Fim!